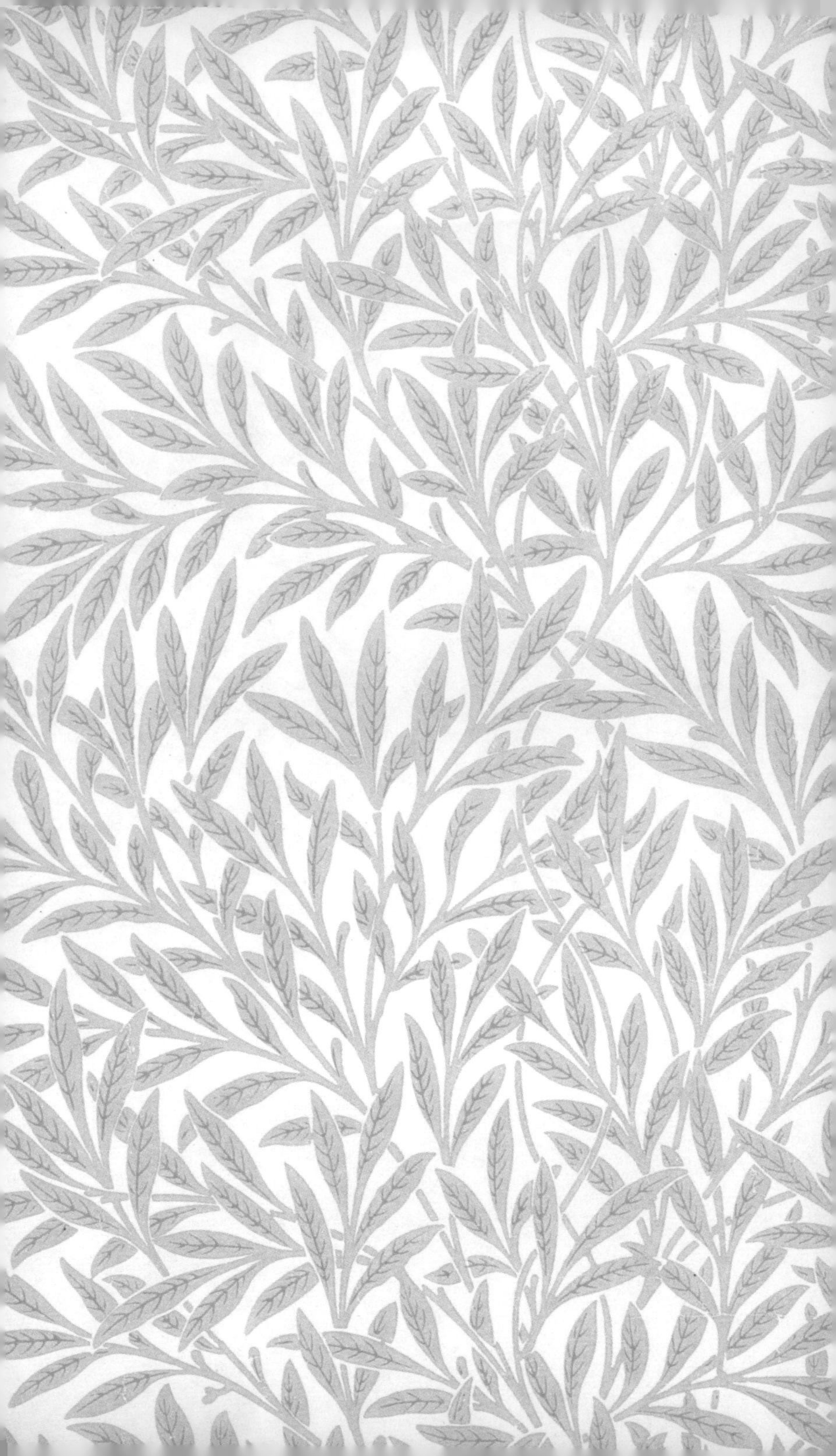

三民叢刊100

文化脈動

張錯著

三民書局印行

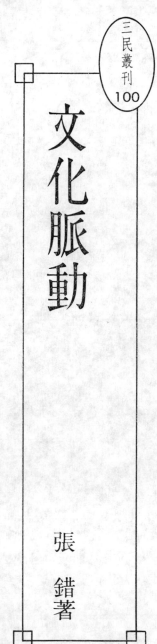

序言：無法阻遏的流行文化浪潮

《文化脈動》是一張成績表，它紀錄了我對臺灣文化關懷的觀察與觀念；而每日在海外閱讀書報竟成了日常功課，包括五份臺灣報紙，一份本地英文「洛杉磯時報」，以及每月（尤其月初）紛紛湧至的臺港雜誌期刊，與陶潛那句「心遠地自偏」剛剛相反，因為心近，即使海天遙隔，每天發生的事情依然親切熟諗，猶如身歷其境、耳聞其聲、眼觀其狀。

無可置疑，近年臺灣由於安定與經濟茁壯，加上政治開放民主措施，隨而產生的文化結構，尤其在交流方面與西方社會絲絲入扣的後現代主義流行文化現象，是極其類似的，這些現象起源，文化研究學者常分成「經濟場」（economic field）及「文化場」（cultural field）來看待。

大眾文化是什麼？隨著不可阻遏的大眾文化浪潮而登岸的流行文化又是什麼？我們甚至可以說，流行文化是商業文化的副產品，它們的大量生產主要就是滿意一般不甚挑剔的大眾，如果以政治眼光來看，商業文化基本上是公式化與操縱性的，它幾乎是拿一般大眾的「無知」做試驗，企圖在官能感覺上直接操縱，操縱的工具包括聲色動人的廣告媒介，以及眩人耳目的包裝。

但是在西方，另一派以「文化場」為主的學者，譬如費思克（John Fiske）等人就指出，無論廣告媒體如何強勁，百分之八十到九十的新產品都是商品性的失敗，包括電影在內，許多電影票房竟不夠拿來填補廣告推銷費用，所以許多文化學者強調，文化消費，並非一般以為是被動或自動性的活動，它仍然牽涉及文化消費者的抉擇，更指涉入大眾文化體系裏面的「大眾」定義。

所謂大眾（mass），就是羣眾（people）或民眾，一般而言，大眾文化之所以成為大眾，主要還是由於它的普及與影響力，我們甚至可以說，由於普及與影響的「文化力量」，它不但屬於民眾，更為民眾而存在；雖然，左派文化理論往往把民眾形容成抵抗資本主義的勞工組合抗體，但我們仍看得出大眾的組層，仍是中產階級為主，它是社會階級的「大眾」力量，被夾在上層的「精英」（elites）與下層的勞動階級，早年在英國十九世紀，阿諾德（Matthew Arnold）就把社會分成貴族式的上層野蠻人（Barbarians），中產階級庸俗的菲利斯丁人（Philistines）以及勞工階級的大眾（Populace）。

根據亞諾德當時看法，貴族與中產階級才是文化演變進展的主體，形成一個國族的「永恆精神」(eternal spirit)，可是事過境遷，我們看到的，正如中國帝制士大夫的衰退崩潰，英國貴族也日落崦嵫；隨而興起的是以經濟做龐厚基礎的中產精英階層，以及受人文陶冶而身分日趨提昇的勞動民眾，所以當大眾文化（即使尚未成形為流行文化）開始建立它們的搶灘陣地，它們所碰到精英文化(elite culture)的抵禦是必然的，而抵禦的原因有二，第一是精英文化的上層優越性受到挑戰，領導地位動搖，不得不負隅頑抗，另一是大眾文化所帶給資本家的優裕經濟場，有如水乳交融，它可以把完全沒有文化原則或遠景的資本家洗腦，讓他們自以為是，一石二鳥的推動大眾文化。

最後推動的結果亦有兩種，一是走向庸俗普及以大眾興趣為指標的休閒文化；另一就是把大眾文化推變成一種現代神話（過去的屈原與后羿太遙遠陌生了），現代的傳記文學，誰誰的上半傳，蔣經國，毛澤東，甚至閏八月，都與後現代社會掛鉤，形成後現代的「當代性」，將現在與過往作精神分裂式的分隔，將今天鍍金成黃金時代。怪不得當年法蘭克福學派(Frankfurt School)把「將來」當作文化的黃金時代，因為以精英為主的大眾文化是永不來臨的。

如此一來，不但把阿諾德藐視的大眾文化打垮，因為阿諾德稱這種無方向的勞工文化活動為「無政府狀態」(Anarchy)，直接影響帶頭的精英文化，其實他這種觀念來自浪漫時期的哥律治（Samuel Taylor Coleridge），哥律治把「文明」（civilisation）與「培植」（cultivation）分開，前者是國家的總體，後者卻是屬於精英的少數人，而由這些人（他呼之為知識份子clerisy）帶動國家。

這類由英國早期帶動的文化研究包括威廉斯（Raymond Williams）等人正是方興未艾，更有融合（或抗拒）結構主義及新歷史主義的趨勢而走入後殖民主義研究，以一個當年號稱日不落國的大不列顛帝國，後殖民種種的確息息相關，美國自第二次世界大戰後亦極端注意文化趨勢，最初如麥當奴（Dwight Macdonald）等人強調的優文化（high culture）而卑視如寄生蟲的大眾文化已被擊潰，更加上反越戰及人權運動，反文化（counter-culture）浪潮已被形成，大眾文化迅速進展入流行文化，而科技的日新月異，一九九四年電影「阿甘正傳」（Forrest Gump）已證明科技不是上帝，但卻更接近上帝功能而無所不能，更方便使用後現代主義嘲弄揶揄歷史為能事，所以流行文化無論在品質（文化）與商業（經濟）方面，都不斷演變提昇，它的確已本身建立為一門可以研究的學問。

《文化脈動》共分三輯。它們包括我從一九九三年寫到九四的「文化快餐」一個專欄，其實它應該是和一九八八年我在《中時晚報》寫的另一個名「酸辣湯」的專欄呼應的，猶記得寫「酸辣湯」時人尚在臺北，寫「快餐」時卻身在國外了。謝謝〈時代副刊〉主編羅智成兄給我的機會，另一個功臣卻推《中時晚報》副刊的王瑞香小姐，她的細心與厚道都讓我感激感動。書中的第二輯「文苑午茶」卻是我給《文訊》月刊寫的人文關懷短文收集而成，友情隨著歲月而考驗添厚，我和李瑞騰、封德屏的交情也厚而彌深，這次結集成書，是一個偶然的松山車站早晨，和瑞騰交談之下而促成的，他的穿針引線，以及三民書局的厚愛，都必須在此確認與感謝。

一九九四年十二月五日序於洛杉磯

文化脈動 目次

輯二 文苑午茶

輯三 酸辣湯

輯一

文化快餐

歲末文學心情

1 開胃卷

以文化指徵而言，從六〇年代的自我萎縮到九〇年代的重新認定，在追尋過程裏，東方比西方蒙受更大的痛苦經驗，好比藝術家和他的藝術品，極端性的東方創作態度恆常是全面毀壞與全面建設，這就是爲何在過去三十年間，中國現代文學發展史如此鮮明的脈絡分明，從西化現代主義的濫觴，到鄉土文學與新寫實主義的逆動，至近年大眾文化的普及強勢，在在說明一種勢不兩立的對抗精神，誰主導流行時尚思潮，誰就當家作主，不分一杯羹，不作第二人想，這種缺乏中道圓融的風格，嚴重傷害文化均勢發展，強者越強，弱者越弱，而所謂強者，又豈足堪作一家之言？往往它引導的強勢，不過是隨波逐流於流行風氣的潮汐，所以所謂引導，其實是被引導的引導，缺乏主體性，也缺乏主導性，盲目在紛紜現象裏組合出一些羣體興趣，名爲文化，實是退化。

一個完整的文化人，他必須多面兼容並蓄，同時知所取捨，所以在宏觀而言，並沒有太多嚴肅正統與輕鬆次文化的區分，這本來是舊知識分子一個巨大的傳統包袱，他們可以接受當年李敖的反傳統，而格格不入於今日張大春的大頭春，就像只懂周璇、姚敏，而不知有陳淑樺或羅大佑；但是在微觀方面，他必須知所判斷，有所爲有所不爲，就像最近即將上演的《霸王別姬》，他必須知道隱藏在陳凱歌、鞏俐，或張國榮鮮艷光彩奪目的背後，竟是如此一本文字風格平白乏味的原著。文學退化成爲表演藝術的附屬，並且倚賴於視覺與動作，這種可悲現象，和當年趙傳一曲《我很醜，可是我很溫柔》內新鮮非凡的文字，使歌曲如脫胎換骨的可喜現象相比，恰是一反一正，如此乍暖還寒的當今文化，眞可謂一則以喜、一則以悲了。

2 新春讀新詩

大地春回，一元復始，全世界沒有例外，送舊迎新，除了檢討過去一年大事（如《中時晚報》的「金驢獎」）或諸如此類的十大新聞，還有全球星相占卜家紛紛展望來年吉凶，各報各版亦一如往昔熱鬧，飲食文化、消閒嬉遊、股票金融、影藝明星歌星各種動態，讀者各適其適，樂在其中，只知有齊秦，不知有漢、無論魏晉。

反觀年底《洛杉磯時報》書評版的主題，清新可喜，但也令人不無感嘆，該版的標題是「以詩迎新」（Poetry for a New Year），平淡四個字，隱然顯示一種嚮往與堅持，讓人讀了會熱淚盈眶。因為時至今日，詩不但成了出版市場毒藥，同時也是小說讀者眼中的「陌路人」或「拒絕往來戶」；這期主編煞費苦心，找到四位美國當代詩人，分別為顧魯蘇（James Krusoe）、聖約翰（David St. John）、凱莎（Carolyn Kizer），及葛絲勒為四本詩集寫書評，這四本現代詩集為西覓（Charles Simic）的《失眠旅社》（*Hotel Insomnia*）、默溫（W.S. Merwin）的《遊蹤》（*Travels*）、史耐德（Gary Snyder）的《不再自然》（*No Nature*），及妮娃托夫（Denise Levertov）的《夜行火車》（*Night Train*）。

國內讀者如果對美國現代詩有認識，對後面三位的詩會比較熟悉，尤其是史耐德，他幾年前不但曾來臺灣，而且還被專書介紹《山即是心》，倒是西覓是一個非常優秀的中生代詩人，與史耐德等人同期，但今年（一九九三年）也五十五歲了，可能他是南斯拉夫移民，而且亦未趕上「敲打一代」列車，乏人譯介，令中國讀者感到陌生。

但這些前行期或中生期詩人作品能以專集不斷問世，卻使人感到西方文化社會煖然如春，顚轉套用薩伊「東方主義」的「對方」術語，更顯出東方文化社會的涼薄，至少，一個以詩爲終身職業的詩人能夠不斷創作，不斷受到尊重與適當注目，令人欣慰。我們在今天一邊警覺已不是詩的時代，另一邊卻堅持著對詩近乎宗教式的虔誠與信仰，因此，讓我們向誠品「詩的星期五」所有參與者致敬！

3 溫馨的書評

詩人寫詩評，除了親切以外，另有一番神韻氣度，見諸卡露蓮・凱莎爲加利・史耐德的新詩舊選《不再自然》詩集所寫的書評，簡直就是一篇溫馨的回憶錄，當然，蛛絲馬跡，凱莎與史耐德同爲華盛頓州人，除了同鄉之誼，還一起茁長於西北部，只不過史耐德一直往南移，由華州移落奧立岡州，最後棲居北加州，除了這些相同點，兩人又同時深受中國古典詩影響，加上東洋文化陶冶，尤其是禪宗之對史耐德，都讓彼此氣質相投之外，多一份親切。到了七〇年代，兩人更同時在首府的國會圖書館出任「詩歌顧問」（多麼希望臺北國立中央圖書館能增設這一名銜）。

凱涉追憶：那時他們坐在帥氣的辦公室裏，如果曾參觀過國會圖書館的人，都可以想像到那古色古香的大理石建築，以及高貴輝煌的氣派；同期還有另兩位當代詩人，賀蘭特(John Hollander)及古匿士(Stanley Kunitz)，試想一下，賀蘭特與史耐德坐在一起，那簡直匪夷所思，因爲一個是學院派追求嚴謹古典風格的現代詩人，另一個則是江湖流蕩，專拿學院開刀的流浪歌者，而結果兩人出人意料，水乳交融，原來兩人皆有語源學癖，結果詞彙滿天飛，樂不可支。

凱涉有個小女兒（其實不止一個，好像兩個，我也記不淸楚），在六〇年代以交換學生到日本去，有次莫名其妙的被安排到廣島博物館參觀，看到那些戰爭殘酷景物與恐怖圖片，這女孩無法忍受而衝出博物館，坐火車回東京，在廂座裏縮成一團啜啜而泣，一個紅髮的美國年輕人從通道走過來，試圖安慰這小女孩，並且告訴她，他是加利・史耐德，由於家學淵源，她當然知道史耐德是誰，於是便告訴他，她的母親是誰，他聽到後緊緊把她抱住。

讀這篇書評猶如活在一個失去已久的人性溫馨世界，我希望以後能有機會（或讓別人）全篇翻譯出來，這是一本史耐德的新舊詩選集，已經無法算出這是他的第幾本詩集了，自古有謂，詩如其人，觀諸凱涉論史耐德的詩，絲絲入扣，信然！但忽又想起杜甫詩中有謂「名豈文章著」，卻又不禁爲之惘然。

4 凱莎與史耐德

上文寫凱莎與史耐德，意猶未盡，凱莎文中還提到金斯堡來華盛頓大學誦詩之事，恰好這三人我都認識，和凱莎比較熟，因爲我曾爲文評論過她的詩作，而且也有較深入的交談。

凱莎說及一九五五年，金斯堡挾著在舊金山第五藝廊朗誦〈怒吼〉得勝的餘威，與史耐德同訪華大並誦詩，兩人同一身裝扮，穿著黑色的套頭毛線衣和藍色的牛仔褲，毛線衣上還別上一枚「艾氏當選」的胸章，艾氏者，艾撒拉・龐德是也，當選者，當選美國總統是也。這當然是抗議胸章，不是選舉花招，凱莎還打趣說，艾氏者，絕非當年與她約會的另一傳統詩人艾撒拉・班遜，因爲後來班遜在艾森豪政府做到農業部長，而龐德早年則被美國政府以叛國起控，流亡老死海外。

金斯堡詩內的粗言穢語使人臉紅及離座自是意料中事，那時史耐德只有二十五歲，朗誦了幾首格律詩後，忽地奮聲高叫「我受夠了這些艾略特和葉慈！」便朗誦一些持續至今的詩作，風格清新、敏銳，充滿強烈的人與自然關係。

七〇年代我第一次見到金斯堡，也是在華大校園，也在大麻與焚香的梵唱裏聽他朗誦〈

怒吼〉，並且把該詩翻成中文，在《大學雜誌》介紹給中國讀者，那應該是〈怒吼〉最早的中譯，不是中國大陸的趙毅衡。

八〇年代中我在洛杉磯再見到金斯堡和史耐德，乍見之下眞不相信自己眼睛，原來兩人都已衣冠楚楚，金斯堡還打上一條顏色鮮艷的領帶，那一次會面本來是我和聶華苓相聚的，因爲早年雷根總統把飛機賣給臺灣，中國大陸作家抗議而杯葛來美開會，我遂與同情中國大陸的加州大學洛杉磯分校教授林培瑞交惡，箇中詳情陳若曦知悉最清楚，結果終於都來開會了，但這次華苓來沒見到我，便派人傳話，說張錯與林交惡，總不能連我也不見啊，的確是華苓作風口氣，我趕忙翌日一早開車去西木的假日旅社和她吃早飯。過了幾年，安格爾先生來臺，我恰在臺灣，他知道我一度喜歡敲打詩人，所以也就特別提到現在科羅拉多的金氏，也特別強調金氏的西裝與領帶，可見眾人如何驚異他的轉變。

凱莎和我第一次見面，也是在敵校的加大洛杉磯分校（因我在南加州大學任教），她那時在加大柏克萊分校創作班任教，因準備和史耐德、金斯堡等人訪問中國大陸，並且來洛參加一個中美作家會議，記憶中那晚還有寫〈愛是不能遺忘的〉的張潔。凱莎一直想找我，因爲從前她的好友，也就是在哥倫比亞大學日本文學教授唐奴・基恩（Donald Keene）把我的評文交給她，據基恩稱是他路過香港時看到的，這也是順理成章之事，因爲這篇文章正是鄭樹森在香港中大時編的一本比較文學論文集所選錄的。因爲我從華大畢業，所以和她談起西北部以及華大一些老教授，尤其是洛富奇的詩，都是她的所好，可是彼此均離開西北部太久了，有如天寶遺事，不無感慨。她送給我兩本詩集，其中一本竟給人借去而遺失了，十分可惜，記得那本詩集就叫《陰》(*Yin*)。

一九九三年一月十六日

苦瓜文化

余光中先生曾寫有〈白玉苦瓜〉一詩，我非常欣賞最後的幾句——

笑對靈魂在白玉裏流轉
一首歌，詠生命曾經是瓜而苦
被永恆引渡，成果而甘

如果把句中的「生命」兩字換作「文化」，恰足描寫當今的苦瓜式文化。

我是一個文化悲觀者，因爲我個人一直堅持某種希臘式的古典禮範，而這種文學或文化古典禮範，已日漸有如夫子當年春秋戰國的禮崩樂壞。其實，從春秋開始，文化狀況從來未曾好過，儒家力挽狂瀾之餘，其後遺的各種腐迂拘謹，因循畏縮，更增長了道家放任逃避與釋家超越執著的氣勢，尤其在文化藝術上能大放異采，所以我們也可以說，文化狀況也從未曾壞過，這種情形，眞的有如余詩內說道，是瓜而苦，成果而甘。

但是其中的苦甘，卻有如維根斯坦所強調的沈默，如人飲水，冷暖自知，最近《中國時報》〈人間〉副刊推出了一篇〈文化看臺灣〉的專文，分別以大歷史結構、教育學術，及大眾媒體來探討當今的文化危機，三位文化評論者——楊憲宏、楊照和郭力昕都能貼切地就危機而論危機，雖然我看不到一點曙光式的契機！尤其是楊照一文開首幾句，令人觸目驚心——「今年十月，發行達十七年之久的《中國論壇》宣布停刊，悄悄地又關上一扇人文專業知識領域通向一般社會的門。」所謂今年，應是一九九二年，楊照同時也是小說家，他經營的文字氣氛是相當優越上乘的——悄悄地關上一扇門！令人感到無限哥德建築的陰森恐怖，好像即使悄悄，這道大鐵門還是「砰」然一聲，回響成一個句號。

這是一篇紮實而耐讀耐思的文章，因爲早期余英時先生以士與中國文化的專著，來追溯討論知識階層的興起與發展，中國知識分子原始型態，甚至韋伯式的中國近世宗教倫理與商人精神，以上所有一切，均在於建立士人或智識分子階層身分，而楊照所宣稱的，不但是知識分子「這辭彙幾乎徹底地從臺灣主流社會觀中消失了」，同時，九〇年代明顯出現的問題是——「人文領域茫失在新的社會安排中，找不到自己的定位！」

我是一個文化悲觀者，但不是文化絕望者，因爲多年來除了商業性書榜外，我們對讀書的推動，不遺餘力，除了兩報的〈開卷〉和〈讀書人〉外，還有質的排行榜，年終還有「開卷十大好書」與「讀書人最佳書獎」，除了爲這些入選書籍的友人欣喜之餘，我還有一絲唐吉訶德式的浪漫鼓舞，模仿李金髮早期象徵派的詩風，大概就有如下的句子——「黃昏中血般酡紅的臉龐」了。

因爲我同時又讀到隱地寫的一篇談過去一年的文學出版的〈窄門談書〉，觀諸他近年的心情觀念，應該和我同一族類，同爲文化悲觀族，他的觀察是：當金榜的文學書單選上後，他在重慶南路和臺大附近的書店連走兩晚，發現只有《想我眷村的兄弟們》和《少年大頭春的生活週記》二書到處可見，其他多不見蹤影，套用他的話——「偶爾靠在冷牆上，亦狀甚寂寞。」隱地是短文警句名家，他上面的話，與楊照的悄悄關上一扇門，有異曲同工之妙。

一九九三年一月二十八日

冷盤・主菜或甜點

一九九二政府宣導的文化年終於過去了，我們的心情，有似美猴王得聆須菩提祖師登壇開講大道之餘，抓耳撓腮，眉開眼笑，喜不自勝之中又隱藏著無限嚴肅期待，因爲我們的文化觀念，與目前計畫進行理念，仍有重大差距，在此僅簡短從主導與輔導的觀念說起，也就是從結構主義觀的飮食文化看來，無論冷盤、主菜，或甜點，都有它主從的功能，不能顚倒，也不能和稀泥。

最令人憂心忡忡的是文化推動一直滯留於輔導位置，其實也暴露了四十多年來一種文化眞空的最大弱點，當初我們防左，繼而拒西，續而安土，最後全面開放後，不知所措，本來所謂負面的文化眞空，其實也可以視爲正面的文化空間，因爲每種教條式的文化推動，都足以扼殺它本身自然生態的空間，這種情形，荀子在〈富國〉篇曾經說過——「萬物，同宇而異體，無宜而有用爲人，數也；人倫並處，同術而異道，同欲而異知，生也。皆有可也，知愚同；所可異也，知愚分。勢同而知異。」那就是說，在同一空間的天地萬物，雖然由於本體不同而並彼此適宜，但基本的道理是，它們對人都分別有它們的用處，人在一起相處亦是一樣，他們行爲不同，知識不同，但卻私欲相同，這是生存的本性，所以如果說肯定這同一空間的天下萬物來說，沒有什麼智者和愚者之分，但是由於這同一空間天下萬物的不同肯定，聰明人和愚蠢人還是有分別的。

我希望政府的文化單位能夠扮演一個主導的聰明人角色，而不是把文化當作一個大餅或流水席分配給不同的人吃，因爲後果將成爲荀子跟著說的「行私無禍，從（縱）欲（慾）不窮」，那就不要說了。

一九九三年元旦報章透露，文化總會迎接新年，積極推展會務，未來將加強提升國民氣質、發揚中華文化、加強文化活動、強化組織功能。以上四大計畫可喜可賀，但也不無商榷之處。

先從提升國民氣質說起，如果僅就擬定工作計畫內所列舉的「將舉辦婚禮研討會及婚禮示範觀摩；陸續推動全民道德重整運動，推廣守時、守分、守法的生活習慣」，以及協助籌建林靖娟老師雕像及提升電視節目品質而言，這五項計畫使人想起有如當年推廣五菜一湯的梅花餐，曾幾何時，有人萬紫千紅，有人落英無數，飲食男女，各適其適，未聞吃梅花餐就守法，菊花餐就不清高飄逸，所以問題不在於計畫的擬定，而在於它的推廣空間，與執行，換句話說，我最感興趣的不是婚禮，而是如何研討與觀摩，它的接觸面有多廣，它的應效率有多高，它的說服力有多強？在臺北今天錢淹腳目，金牛當道的今天，已經滋蔓出有如改選後立法院的強勢雙重標準，再也沒有絕對的對錯，或絕對的黑白，一有了藉口（Justification），流水席也好，筵開千桌也好，都有它的道理，說得粗俗一點——「頭家有錢，辦卡熱鬧有啥要緊」，說得年輕一點——「只要我喜歡，有什麼不可以」，因此，文化的推動，建設，與「復興」，除了硬體籌建，還需軟體種種潛移默化，無論是潛，或默，都是一種「無聲間接空間」，讓人心甘情願地接受，同時，我們必須記住，是文化復興，不是文化復古。

所以，什麼是冷盤、主菜，或甜點，決策者不但有主從先後之別，更需有「患不均」的警覺。一九九二年十一月二十日報導，行政院文化建設委員會完成的〈中華民國臺灣地區文化建設長期展望〉草案中指出，八十年度（一九九一）各項藝文活動數量上，臺北市就幾乎占了一半，使得文化資源分布嚴重失衡，這項草案並要求政府應根據國土綜合規劃資料，陸續開發十八個生活圈，普遍增設各類休閒、文化設施；並且安排、贊助高水準的藝文活動在各縣市展演，讓各地區居民都能均衡的享受各項便捷的休閒、文化設施和活動。

言猶在耳，不到兩個月，臺北縣中和市的綜合運動場就舉行了一場名爲「佪來結婚阮來鬥歡喜」的古禮集團結婚，據《中國時報周刊》(一九九三年一月二十日——二月六日春節特大號）報導：「一早八時三十分，五十對新人中，二位外籍新郎之一的法籍人士李濰，就在中和市長開鑼下，依照古禮騎白馬前往新娘張寶好家中迎娶，沿路面對不少好奇和祝福的目光，這位法國新郎臉上始終掛著憨笑，大概他一輩子也想不到在臺灣街頭騎白馬、穿新袍、迎娶新娘的光景竟是如此風光。」

最後幾句雖是報導者的印象式掃描，但圖文並茂之下，的確入木三分，戴著深度近視眼鏡的中國女婿，騎著白馬，頂著並不怎樣合襯的禮帽，眞的，他一輩子也想不到會如此風光，在法國，他能嗎？在臺灣，他能！隨著其他四十九對新人的古裝參與，吸引上萬名民眾前來祝福參加盛會，他站在最前一排，爲什麼在最前一排？我不知道，大概他是兩位外籍新郎之一吧，可是爲什麼在最前一排？我還是不知道，大概中國人對外國人特別有興趣吧？爲什麼中國人對外國人有興趣？我也不知道，我只知道如果一個中國人在法國，他想扮演查理曼大帝而舉行一場七世紀的古婚禮，站在最前面讓萬名法國人觀禮，簡直是天方夜譚。再退一步說，要讓這位法國李濰先生回到自己老家從心所欲，法餐中吃或中餐法吃，都沒那麼容易。

由此看來，復興中華文化，必先要復興對中華文化的自我尊嚴和信心，這種莊嚴自信，並不是要人做義和團，而是在克己復禮的修身行爲裏，不必挾洋挾土自重，古禮集團結婚並非由文化總會推行的活動，但是無論是地主中和市的籌備，或臺北縣長尤清的福證，在在說明了觀念上嚴重的脫節，以及落實文化內涵的急切需要。

一九九三年二月六日

短袖汗衫隨心所欲

——談春樹現象

讀到一篇訪問村上春樹的文章，感觸頗深頗大，因爲牽涉的不只是《挪威的森林》銷售達數百萬，而是文學，或純文學的整個現象膨脹與萎縮的情況，我只讀過他兩本短篇小說選，那是「遠流」的《迴轉木馬的終端》及「故鄉」的《村上春樹短篇小說傑作選》，內裏的中譯互相有些重疊，所以廣度而言，非常有限，但以初步接觸與認識印象而言，卻也足夠，至於《挪威的森林》，據云中譯是多人分譯，不統一和錯誤的地方頗多。如此一來，讀了也等於未讀，只好期望於英譯本。

即使村上春樹不能代表日本全部當代文化，至少以現象之一而言，令我非常失望。他的發展，也可以說是「戰後嬰孩」的成長，是整個大時代的縮影(epitome)，所以無論他的片假名、美國化或西方化，都應該視爲日本當代文化的自我運轉遞變，而不應視作侵入的異體元素。這種情形，和我國現代主義與現代文學（包括以此爲名的雜誌）的興起頗爲相近，春樹生於一九四九年，所以他的成長期更接近六〇年代，屬於較幼的戰後嬰孩，因爲一方面他比白先勇、王文興年輕，但又比張大春、朱天心年長，觀諸他對六〇年代的執著以及小說主人翁的性格流露，應該更近於王家衛的《阿飛正傳》或楊德昌《牯嶺街》那類生態。

訪問顯示，年輕的春樹，覺得所謂的「純文學」或「嚴肅文學」，包括三島和川端，都來得太沈重、太悶人和令人窒息，他反倒喜歡馮內果那類疑幻或面冷心熱的西方偵探懸疑（其實早期日本戰後電影亦有此類形象，黑澤明手中的三船，就常被如此塑造，即使拙劣不堪的武士道式盲俠系列，也有同樣演繹），一直到了四十歲後的春樹，才開始大量閱讀日本小說，當然，如果他不喜歡川端或三島，自然會更喜愛谷崎或芥川，甚至大江或五木（我敢打賭他絕對無法忍受井上靖），至於日本古典文學，更不是春樹那杯喜歡的茶，他充滿歉意表示，大概是個忤逆的兒子，過去也沒讀過什麼，現在也「才開始讀」。

《大頭春》以目前七萬多冊的銷售量看來，加上CD與電視媒體，過十萬冊絕對沒有問題，但如果要過二百多萬冊，像《挪威的森林》，卻又似蜻蜓之撼大樹，但以日美書市而言，自然不應該和臺北書市正面比較，尤其日美的讀者量與閱讀量不知要比臺北大多少倍，我在此把這兩本書提出並論，目的是要顯示文學或文化的接受市場，而不是比較兩書的內容風格，它們基本上是迥異的。

接受市場的大小，也得要看文化人口的比率，臺北卡拉ＯＫ或腦筋急轉彎人口密度與比率大概可以直追日本，文化接受方面實在差得遠，但以銷售百萬以上的春樹現象而言，眞不知該喜還是該憂。

春樹本人的喜好與逃避其實也是當今流行文化風向，它是朝著一種非常落實的商業風尚發展，其徵性是——舒適、易讀、灑脫（亦即帥）、自然；再加上一點點麥當勞或肯德基椒鹽，令人感到沒有原罪西方的性開放時代氣息，從而走出上一代的使命沈重包袱，令人輕鬆愉快，那再也不是和服的禮儀拘謹，或西服領帶的矯飾，而是短袖汗衫與牛仔褲的隨心所欲，大概這就是文化週期性的背叛與趣味吧。

一九九三年二月十三日

電影與文學造勢

因爲這個題目，遂而聯想到流行在文藝圈中的一個異色「一流」笑話，既是異色，當然不雅，也不宜細述，但觀諸當今文學的疲軟無力，與電影現今的強勢相比，實在令人問君能有幾多愁，恰似一江春水向東流的感覺。

且說今年「中華民國電影年」開始，其聲勢已是不同凡響，揭幕儀式在北市萬國戲院舉行，胡志強局長以別開生面的「打板開鏡」儀式，由兩位穿著藍色制服美女檯出一塊巨大開鏡板，上面清晰用中英文寫著一九九三的中華民國電影年，並且把當日「開鏡典禮」活動定爲場次，局長一打板，電影年於焉肇始，再繼續爲參展的國片頒發獎金，《暗戀桃花源》、《少年吔！安啦》、《魯冰花》、《推手》、《失聲畫眉》等去年分別在東京影展、芝加哥國際影展、亞太影展、倫敦影展中獲獎或入圍，其中又以《推手》參獲最多，結果共獲頒最高一百二十萬元獎金。

當日的西門町更是全天熱鬧非凡，街頭的殭屍先生或韋小寶吸引千萬人潮不算，熱情的年輕觀眾歌迷更擠破了原定在來來百貨廣場洛城三兄弟表演的舞臺，轄區警方爲了避免發生意外，只好取消演出，但吳俊霖的搖滾歌曲，以及樂聲戲院旁模仿美國環球片場現場演出的《羣牛大戰》和《槍戰片廠》，都讓觀眾臨場有如身在戲中之感。

爲了給電影年造勢，去年年底十二月七日起，「全國電影會議」在臺北國際會議中心開會兩天，議程先聲奪人，除了聽取新聞局電影處處長楊仲範報告「我國電影事業之現況與前瞻」，還分組以電影文化現況、提升國片質量、開拓國片國際市場、培訓人才、導入現代化企管觀念，以及現行電影政策檢討的六個主題分別討論；導演、片商、學者專家、行政長官，還有熠熠星光的成龍等人，濟濟一堂，彼此競相發言，「一片自強呼聲」（此爲報導之標題），李登輝總統更在書面賀詞中指出：「電影事業屬於文化建設之重要範疇，本次會議之召開，適值國建六年計畫全面發展之際，如何振興電影事業，促進電影文化之提升，實爲當前之重要課題。深信在全體與會代表羣策羣力、關懷激盪下，必能爲我國之電影事業，開拓更寬闊之生存空間，創作更精緻之作品，以立足世界影壇，使我中華文化藉以宏揚於世界。」

李總統隨即於十二月十日上午在總統府接見八十一年全國電影會議暨第二十九屆金馬獎

活動的與會人士及貴賓，包括「我的朋友」胡金銓，看到金銓西裝筆挺和李總統握手的彩色照片，不禁心有榮焉，因爲大家都知道，胡金銓雖是影圈中人，然博學治史，素喜與文藝界來往，識者多以文壇中人視之更甚於電影導演，看到他受到當局重視接見，錯覺或直覺上，總覺得文藝界也沾了一點光，當然這又是我的錯人錯覺，胡金銓在人們眼中，還是世界級大導演。

李總統說，自從他擔任公職後，有近二十年沒有到戲院看電影，但仍藉由不同管道，能欣賞到國內外的電影，所以他和電影界並沒有太大的隔閡，以下是他和陸小芬談話的報導——

看到陸小芬時，李總統更表示，「陸小姐，我看過你拍的片子，你可知道我最喜歡那一部電影？」陸小芬非常訝異李總統對她的了解，並回答說，「大概是《看海的日子》吧！」李總統關懷的笑稱：「對！我對《看海的日子》這部片印象很深刻。」

我不知道陸小芬爲什麼不猜《桂花巷》，我想李總統也同樣會看過，但是總統看過《看海的日子》或《桂花巷》那一部都不重要，重要的是當我讀到這段報導時，心裏一陣辛酸，什麼時候我們的黃春明或蕭麗紅才會像陸小芬或金素梅那樣出現在總統府內，並且有一段如前的對話？什麼時候才輪到一個「文學年」？作家與學者的被關懷度，不再遜於林青霞拍片受傷的眼睛？

無可置疑，電影與文學是兩種迥異的敍述表達，電影有著非常強烈直接的聲光動感，而文學卻是藉文字表達的一種間接靜態藝術，它們雖然同樣訴諸於觀眾或讀者的感官經驗，但手段卻有天淵之別，隨著二十世紀科技文化的發達，電影語言的豐盛華茂更是前所未有，靜態的文學語言反倒變得保守了，但這種情況並非就表示影優文劣，相反，正如把電影文化與電視文化相比，其流行與影響度同樣令電影相形見絀（看到電視臺的年終獎金就不知讓多少文化人眼紅或搥胸了），所以，文學、電影，或電視，都不應視爲一種文化競爭現象，而應看作一種文化組合，國片產量跌到年產三十六部是事實，正如詩集一年也未必出版到三十六本之多，但是國產片的危機冰凍三尺，不是電影年才要圖謀找出生路，文學的窄門，有如通往天國的道路，歷代如此，自古皆然，可是同是孺子陷阱，伸出的手卻有厚此薄彼之不同（至少，造勢方面如此），卻又不禁令人浩歎之餘，再加上一種隻手無力回天的宿命感慨了。

一九九三年二月十九日

書香未來不是夢

——談「假日書市」

欣聞新聞局出版處有意推動「假日書市」，並且準備和臺北市政府及圖書出版業者研討可行性；自從前任邵玉銘局長有意在中山學園籌建如海市蜃樓般的「書香大樓」後，由於松山菸廠的遷地問題，年來文化界與出版界有如莊周夢爲蝴蝶，一時以爲夢想成眞，一時又是夢幻泡影；雖然今年二月十一日，行政院院會通過文建會所提〈國家文化藝術基金會設置條例〉草案，明定基金會爲財團法人，並於八十三年行政院會計年度正式編列二十億元，做爲該會創立基金，更繼續接受政府及民間之捐助，以達成新臺幣一百億元爲目標。大家才有大夢先覺之感。

如果大家不是善忘，則更可推想三年前（一九九〇年十二月十七日），文建會公布文化建設內容及經費，（六年內軟硬體的發展計畫，總投資額高達二百一十七億二千一百七十八萬元，其中就包括安養資深藝術家（四億三千七百萬），籌設藝術村（六億五千萬），籌設藝苑(一億四千萬),籌設文藝之家(三億六千萬),籌設現代文學資料館(六億),以及推展假日文化廣場(七億五千萬)。

這些數字都令文化出版界在三年來處於如眞似幻的亢奮太虛仙境,尤其上面舉列的最後一項,準備花七億五千萬來推動的假日文化廣場;大家痴痴的等,眞是橫三年,豎三年。

而日前行政院通過即將設置的「國家文化藝術基金會」,卻顯露出眞實面的一線曙光,文建會的郭為藩主委特別強調,文藝基金會將支持民間團體為主,民間仍是未來文化發展主流,文藝基金會未來除支持藝文活動與設立「國家文藝獎」等獎助功能外,對於資深傑出藝文人士獎助及其生活保障皆是主要工作重點。

所謂一線曙光,其實是長期以來這些計畫都在一種漫長黑暗通道中進行,再說回當年,(最早應是一九九〇年)新聞局長邵玉銘在十二月中旬的國際書展中,向臺北市長黃大洲反映需要土地營建書香大樓,黃大洲當場允諾捐地,在多方選擇考慮之下,敲定在中山學園區內。

預定占地二十公頃的中山學園區內的建築還不僅止是文化界重視的書香大樓,其他還包括國立歷史博物館、國家藝術表演中心、視聽藝術資料館、民族音樂中心、文化大樓、公共電視臺、國家廣播電臺及臺北廣播電臺。

但是根據森海工程顧問公司完成的「中山學園」興建企劃案中指出：興建時間表的時程最快是七年，最晚要十年。其中細節我們不必深究，升斗市民，深究也無從深究，因爲其中牽涉到中山學園內的松山菸廠遷建，即使菸廠找到適當遷建地址，仍需先把新菸廠建好，才能拆除現在菸廠，那就是說所謂文化界殷殷期望的中山學園，必須等到菸廠找到地，建新廠，再拆舊廠，再營造學園。報導更曾指出，令人憂心忡忡的還有本是工業用地，一旦要變成學區的文教區，須先經過變更地目等種種手續。

與其長期等待那些漫長遙遠的硬體建設，「假日書市」實在是一個新穎活潑的構想，顧名思義，「假日書市」當然是建國橋下的「假日花市」演變而成，新聞局出版處的蔡之中處長表示，既然「假日花市」可以推動起來，並且頗具知名度，他希望「假日書市」亦可同時推動，讓大家在假日除了逛花市外，也可逛書市，多買些書、多看些書，有助整個書香社會的提升。

蔡處長這一番話，文化出版界期之久矣，只是在推動細節而言，仍需新聞局在概念上若干溝通釐清。我們知道，「假日書市」雖從「假日花市」構想衍生，但書市實在不同花市，雖然同是假日，顧客對象也不盡相同，記得當年在大雁書店，簡媜帶我去逛「假日花市」，感覺上是一種陽光、空氣、明朗早晨，以及非常東方田園的翠綠與艷紅，更間接感到蓬勃朝氣與生態，那是一種健康環境的小千世界，讓人在城市裏有庭院或野外的感覺。但是書不同花，它不但涵蓋當代性，還有其他的歷史面，一個理想的假日書市，無論在室內或是戶外，必須首先讓人感到一種舒適隨意感，而不是書展式的推銷販賣，人們更需被自己的「遊感」吸引著，而不必去感受那些巨大的文化使命重壓，其實，老百姓早期的假日書市早就存在了，那是北京的琉璃廠，臺北的牯嶺街，香港的奶路臣街。

其次，假日書市不必只賣書籍，尤其是新書，它應該是一個文化藝術的總體，書籍只是其他的一個重要項目，其他種種文藝媒體、影碟、錄影帶，以及孤本舊書（當然包括日漸打入臺灣書市的大陸書），我們甚至要向多年來倚靠在新生南路或其他大學門口的小貨車致敬，因爲他們曾經賣的許多「禁書」，而延續了非常重要的中華文化命脈，所以假日書市應該保留若干空間，作爲小貨車書市。

如果場地許可，書市的營業時間主力可以考慮在晚上，甚至可以改爲「週末書市」，買花人在清早，逛書市人許多卻在晚上，書市燈如畫，應不遜於花市，文化的推動，應該儘量保留某種的內涵演變空間，不必太斤斤計較拘泥於何種形式，換句話說，政府單位把硬體的場地設計好，便儘量讓民間參與，優勝劣敗，適者生存，經過一段時間的市場適應，書市自然找到它合適的生存條件（如果找不到，也合該被消滅淘汰），這樣一個自由民主的文化社會，才能擁有它蓬勃生態的文化空間，如果我們再讀一次柳宗元寫的〈種樹郭槖駝傳〉，那麼無論花市或書市，一切便更了然於胸了。

一九九三年二月二十六日

斜陽西下憶馮至

馮至先生最後一本書叫《立斜陽集》，那是由北京工人出版社於一九八九年出版的詩文合集，他是一個心思很細的人，每有書出版送我時，都顯出一份心思，《立斜陽集》及《馮至學術精華錄》（北京師範學院出版社，一九八八）是兩本他託女兒來美時帶給我的書，《學術精華錄》寫我本名，並稱呼爲教授，《立斜陽集》則贈給詩人張錯。多年來，就像周良沛寫過的，「他們師生之間，互相了解，有感情。」我感情不易外露，馮先生亦然，甚至更含蓄，但我們兩人彼此尊敬的仍是那高貴的詩，同時更知道什麼是最好的詩，以及最好的詩人。

馮老那本書叫《立斜陽集》，據說是他特別喜歡納蘭性德那首〈浣溪沙〉內的一句「沈思往事立殘陽」，但他覺得「殘陽」過於衰颯，不願立在殘陽裏沈思往事，遂把「殘陽」改爲「斜陽」。可是晚年的他，又是一種什麼心情呢？

他說：「自念生平，沒有參與過轟轟烈烈的事業，沒有寫過傳誦一時的文章，結交的友人或熟人中，沒有風雲人物，也沒有一代名流。有些人和事，或長期共處，或偶爾相逢，往往有一言一行，一苦一樂，當時確實覺得很尋常，可是一旦回想起來，便意味無窮，有如淡薄的水酒，只要日子久了，也會有幾分醇化。恨不得能讓時光倒流，把那些尋常事再重複一遍。」

這種恨不得能讓時光倒流心情，正是我現時心境，我一九七三年在西雅圖完成我的博士論文《馮至評傳》，一九八二年赴北京得識馮至迄今，我們都不是多言的人，但是在彼此樸淳的交往中，應有不少尋常事，但我的興趣倒在於馮老在三、四〇年代的尋常往事，所以在一九九二年初，我便開始籌備赴京，馮老十分熱心幫忙，連社科院的外文研究所都聯絡好了，我只想在京城住上七天，不做什麼，只是兩人相聚，共聊往事，怎知春天耳疾發作，只好取消此行，猶記得我去信有「不堪耳疾，萬念俱灰之句」，他回信說千萬不能用萬灰之句，言下之意，好像是他這飽經憂患的一代才配這樣說，但也不說。

魯迅曾稱馮至爲中國最優秀的抒情詩人，在同儕中，他和何其芳、卞之琳鼎足而三（艾青是另一類），三殘其二，如今卞老是碩果僅存的夕陽了。臺北大雁書店曾出有馮至的散文集《山水》，本來是要出《十四行集》的，格於詩集市場，只好作罷。

我最後聽到他的消息是周良沛自昆明來信，提及他曾打電話到馮先生家，家人講他肺炎住院，不吃東西，很危險，「眞使人愁」，結果不幸而言中，那是二月十四日寄出的信，待我收到信的翌日，便收到簡媜臺北傳眞，告之馮先生已於二月二十二日逝世；記得那時正是傍晚，正在寫詩，剛有「像傳說中每一個淒美故事／高潮澎湃其實是無力狂瀾」之句，聞訊頹然廢筆，悄然垂淚，心緒敗壞凌亂，無以復加，去年我未能赴京，又成了一項永遠無法彌補的錯誤，驀然發覺他已站在過往，我在現在，一道無法超越的時間鴻溝，令我終生遺憾，我把他的信件及著作找出來，一張張、一頁頁，有些是毛筆字，有些是鋼筆，有兩本是他送給我而被我視如珍寶的原版《昨日之歌》及《北遊》，頁册殘缺不全，那已不重要，記得那天他宴我於北海御膳，交給我時是紀念品甚過於一切，因爲我倆都知道，我早已曾經讀過他所有的詩。

跟著我強忍悲哀心情，耐心爲一個報刊寫一篇報導，年來心情，已無可謂要去做什麼或不做什麼，但是我發覺自己以無比的耐力完成了，好像如此，我才能爲馮先生最後做一次事，這是我最大的光榮，也是我最大的使命。

一九九三年三月十二日

女伶面具

《女伶》是陳少聰的一本小說散文合集，其實自從敘述理論發展以來，小說與散文的界限已越來越單薄，其中的錯綜微妙，頗似現今電影與文學的彼此牽涉，而能在文字佼佼有成於打破這界限範疇，又非張愛玲莫屬。

陳少聰不屬於張愛玲的奇詭善變，這是思想觀念與意象思維配合呈現下的不同風格，但我有時甚更欣賞陳少聰的捭闔爽直（並常珍惜為一個藝術家對自己的純眞誠實），為了這種性格流露，她往往揚棄，或甚至犧牲日常生活細節許多的執著與斤斤計較（本來就是女作家或女性主義者的利器），而著眼宣示對生命的理念與信仰，這樣一來，她更能在日趨流行化的女作家羣中保持獨特的價值觀，但同樣一來，她更容易為人誤解或忽視為一個保守而傳統的文藝工作者，一方面被摒棄於臺北小說或紅唇族類，另一方面又未見重於質的排行榜或〈讀書人〉、〈開卷〉之類的評介。

寫到這裏，心中警覺到自己並無絲毫標新立異，或憤世嫉俗心理，相反，有一種平和，就像屈原不容於漁父，或是漁父未能釋然於屈原，本來就是兩個世界的人，不必如此斤斤計較於征服對方，但在義道而言，我們卻需仗劍橫眉，冷對天下的愚昧。

有人執意要比較用作書名的〈女伶〉與另一篇小說〈心舞〉的優劣，我卻認爲無需如此，世間一切的對錯、美醜、長短……均有如莊子的齊物，不必深究，倒是〈女伶〉一篇，及其他如〈春茶〉的幾篇散文，更能顯露出藝術家面具背後的本色，令人有著更深刻沈潛的感動。

那是一種對生命執著與時光無奈，恆常出現於陳少聰作品的主題，在無數行句間，我們感知敍說者是一個非常精於以理性處理日常生活的人，每種事物都難逃她精密的分析觀察，有時甚至冷靜得近乎殘酷，像葉慈爲自己寫的墓誌銘內那位騎士，投給世界一度冷冷的目光；但是最大的反諷卻是，由於如此冷靜的看得透澈，卻使陳少聰筆下的敍述者更難自塵世中抽身而出，也就更爲痴情與重情，這點以私人愛好而言，可謂大快我心。

也就如此，我們才會明白爲何〈女伶〉花費許多筆墨，描述的只是一個痴情女子在十五年後還執意經營與夢中情人在紐約一日的重逢，雖然別人可詬爲無可救藥的浪漫，但卻是人間世的最可愛與可貴，有多少人自認爲在十五年有意義的生涯裏，會像小說內的女主角——

小形態度肯定地答道：「不，我來看你只為表白存在我心裏十五年的感情。十五年的感情，只換得和你十數小時的相聚，這一點縱容不算過分吧？人生有幾個十五年呢？」

這就是我稱爲人性恆存的「理性矛盾」，因爲人還是人，不是神，所以儘管擁有神性恩寵，他畢竟還是不願成爲神的傀儡，而小形的凡人自主權促成她的紐約之旅。

這也是前面說的藝術家對自己的純眞誠實，我們可以說陳少聰是一個道德者而不是衛道者，因此在理性處理中，她沒有神的冷酷，在感性關懷裏，她有人的溫暖，〈春茶〉就是一篇令人緬懷再三的感性散文，同時也曾獲得評審的青睞而得取時報文學獎的散文首獎。作者以細膩濃郁的感情去追懷亡友，看似超越，其實執著；再看似執著，其實是無奈欲挽狂瀾於萬一，她一直不敢開用那罐亡友送來的春茶，因爲她擔心，怕一旦喝掉了它，便連她們之間最後一絲聯繫也將就此斷失。

這種沈默的激情，已近乎詩境，臻於言外之意，也就是茶外之情，惟有這種詩情，才能自沈靜的境界裏與宇宙萬物合而爲一。所以後來作者在柏克萊海港邊，遙看金門大橋和一脈青山，驀然在大氣中感到亡友的存在，這是可以理解的，惟有如此去理解陳少聰，以及她的作品，我們才不會斤斤計較於〈心舞〉的泰若紙牌或占卜術。因爲世間諸事，開始就是完結，完結也是開始，從來也沒有人可以從占卜的經驗去徹悟而從此海闊天空的。

讀《女伶》一書，眞的能看到面具後的重情本色，她在「櫻花如雨」中去參加朋友的葬禮，不止是儀式，她會禁不住在棺前佇立了好一會兒，爲的只是想凝神細看，想把她最後的容顏印在心扉。這種啟示，都堪爲每一參加喪禮的人學習。

這類情性俯拾皆是，她最大的快樂，常常也不過是無事一人在城裏面閒度一個週末下午，並且非常照顧藝術的想買一個陌生人自費出版的詩集，買與不買，都不重要，重要的是一顆愛護藝術的心。正如她一直耐心長期的要求自己，並且引用了《遠離非洲》作者丹妮蓀那句話——「藝術家的內心向著全世界發出最深長的呼喊：給我時間去做我最好的。」

一九九三年三月二十一日

筆舌殺人

讀魏晉六朝小說，得〈子路殺虎〉一則，感觸良深，是篇出自南朝梁代殷芸寫的《小說》十卷，世稱「殷芸小說」，乃殷芸奉漢武帝之命寫成，但到隋代已卷帙不全，至明代更失傳，一直到魯迅的《古小說鉤沈》才有輯本面世。

那是非常簡短的一篇故事，茲輯於後：

孔子嘗游於山，使子路取水，逢虎於水所，與共戰，攬尾得之，納懷中。取水還，問孔子曰：「上士殺虎如之何？」子曰：「上士殺虎持虎頭。」又問曰：「中士殺虎如之何？」子曰：「中士殺虎持虎耳。」又問：「下士殺虎如之何？」子曰：「下士殺虎捉虎尾。」子路出尾棄之，因恚孔子曰：「夫子知水所有虎，使我取水，是欲死我。」乃懷石盤，欲中孔子。又問：「上士殺人如之何？」子曰：「上士殺人使筆端。」又問：「中士殺人如之何？」子曰：「中士殺人用舌端。」又問：「下士殺人如之何？」子曰：「下士殺人懷石盤。」子路出而棄之，於是心服。

雖是文言文，但寫得頗爲平白，不需太多解釋，而且稗官野史，大家也知道是虛構而絕非出自《論語》，但因歷史人物的眞實，可聯想到他們性格徵性及思想軌跡。子路，字仲由，一字季路，春秋末魯國卞（今山東泗水縣）人，爲孔子愛徒，性格勇毅孔武，《史記》內的〈仲尼弟子列傳〉內曾說他「好勇力，志伉直，冠雄鷄，佩豭豚，陵暴孔子。孔子設禮稍誘子路，子路後儒服委質，因門人請爲弟子。」冠雄鷄，就是把公鷄的雉尾放在冠上；豭豚是豬公，二者皆勇，子路好勇，就把二物以爲冠帶。他比孔子只少九歲，曾以氣盛凌暴孔子，但自從夫子以禮義誘之，便改穿儒服矢志死從夫子。

孔子與子路早期性格的對立自然是〈子路殺虎〉故事的根源，我們同時在《史記》資料得悉夫子是以「禮」來誘降子路，但在故事誘導的過程看來，「殺虎」可分兩個環節，第一是子路殺虎而只得虎尾，被夫子謫爲下士，第二是子路欲殺夫子，亦被夫子貶爲下士殺人。

如果我們把上中士視爲一類，下士視爲另一類，那麼他們的分別在那兒？以殺虎而言，上中士的獵物目標是虎頭與虎耳，其意大概是能對虎正面攖其鋒而殺之，其勇武可知，攬虎尾者，不過是有如踩貓尾般讓獵物逸去，所以爲下士。而上士之爲上士，單刀直入，如取心肝劊子手，殺虎持虎頭歸，這也是上士與未能殺虎而持虎耳的中士的分別。

再看第二環節——殺人。據夫子云，下士懷石盤殺人是笨拙的，而上中士殺人是高明的——分別用筆端與舌端，那就是文字與言語，殺滅無形，其犀利猶凌駕乎以武力殺人。

信哉斯言！我在學府與文學界浮沈多年，不止閱盡世態炎涼，更歷盡文字與言語殺人的滄桑，百戰之餘，傷痕纍纍，而心猶未服，甚至不屑於這類的上中士，更也是我壯年偃文尚武的原因，至今仍壯心未已，和子路之換儒服剛剛相反，雖沒有他當年冠帶之耀武揚威，但常被文字言語殺戮之餘，心中的悲憤，亦只有腰懷石盤可表於萬一，那是一切動作的昇華，惟有拙樸石盤可以對抗詞鋒閃爍文字迂迴的攻擊，這種手段，愛荷華的盧剛殺人，朱高正或民進黨早年在立法院的肢體語言，好像都蘊藏此類原意，所謂政治藝術，無論用在學府或文壇，以文字與言語殺人，比下三濫的迷魂香大盜還不如，因爲文字言語內藏的奸詐與機巧，正是人性墮落的最低點，同時也是文化倫理的最大挫敗，雖然這種扭曲人性的詐巧經常都發揮到攻無不克（亦即所謂藝術）的語言淋漓盡致，但利口巧辯，終不若剛毅木訥！

言語只是利器，更可怕而寒慄的是背後思想以及思想目的，無論思想如何卑賊自私，都可以在文字言語裏變得輝煌宏大，許多會議與辯論，以寓意而言，其目的只有兩種——殺人與被殺，而君子小人們侃侃而談，微言大義，因此可知，由於文化社會模式的轉變與發達，文字言語已經進展成爲一種征攻利器，其運用技巧的訓練與淬礪，比少林寺三十六房過猶不及。

其實，〈子路殺虎〉上下士之分只是虛構，孔孟和荀子都最討厭巧言令色的人。夫子討厭利口辯辭的宰予，世所共知，所謂糞土之牆，朽木難雕，孔子恥之。孟子也說：「何謂知言？詖辭知其所蔽，淫辭知其所陷，邪辭知其所離，遁辭知其所窮。」那就是說，聽到那些孔孟鄙棄小人偏執一端的「詖辭」，就知道他們的心爲何遮蔽不明，聽到他們放蕩無禮的「淫辭」，就知道他們爲何陷溺不拔，聽到他們混淆是非的「邪辭」，就知道他們爲何離於正道，聽到他們支吾閃爍的「遁辭」，就知道他們爲何窮於應付。

可是，現今之世，知言的人就是勝利者嗎？聖人又在那兒？

荀子說得更徹底，他說：「凡言不合先王，不順禮義，謂之姦言，雖辯，君子不聽。」他更指出，所謂辯言，有小人之辯，士君子之辯，聖人之辯三種，後面的兩種不說也罷，因爲當今之世，亦即如春秋戰國當年的「聖王沒，天下亂，姦言起」，無論如何堅實的聖人與士君子之辯，皆不見於當道，倒是小人之辯，雖然「上不足以順明王，下不足以齊百姓」，但是他們口舌便給，雄辯與沈默之間都恰到好處，經常更是以高姿態出現，對人偃蹇不恭。

荀子深恨痛絕的說，這些才是姦人的魁首（姦人之雄），聖王一興起，就要先誅滅這類人，盜賊猶在其次，因為盜賊猶可改造，這類姦雄是沒法改造的。

因為辯說的工具是文字與言語，而字語的組合與發揮又是高度的邏輯（或偽邏輯）組織技巧，一旦極致，便產生某種的說服法理，令人受其擺布，動彈不得，無論心中如何憤怒不平，但格於文字語言的縛束，其痛苦凌虐處，眞是雖生猶死。

但在高度文化發展下的一個民主制度社會，由文字言語產生的辯論制度更進展為民主表決，以及少數服從多數的政治倫理，於是許多人汲汲努力於這種倫理運作，而不知倫理並不永遠代表正義與眞理。

我想夫子當年是知道的，子路也不是殺虎或懷石盤般的魯莽無禮，就像太史公說的：「學者多稱七十子之徒，譽者或過其實，毀者或損其眞。」這不是當今以文字言語為生的知識分子最佳寫照嗎？

一九九三年三月二十七日

由「史」進化入「神」

——誌怪小說中的浪漫魔幻寫實

文明的建制與發展，乃是遵循某種倫理道德規範，其始觴者，當推夫子當年於春秋戰國力挽狂瀾的努力，無論重建禮樂，或修訂詩書，都希望眾人能在五倫之中各守本分、不逾矩，但觀諸當年君權專制，落一葉而知秋，南北朝誌怪小說記載比比皆是，尤其細閱干寶《搜神記》內諸卷，〈韓憑夫婦〉、〈干將莫邪〉內的權力專橫，令人髮指。

〈干將莫邪〉的故事據云本來已準備由胡金銓執拍，張大春編劇，怎知後來陣前易將，如今〈將邪神劍〉正在西安拍得如火如荼，不說也罷。

倒是〈韓憑夫婦〉連理枝故事令人感動，那是誌怪小說的浪漫魔幻寫實，堪足入戲，但今年電影年市場看來盡是蘇乞兒與黃飛鴻的武打市場，兒女私情，不拍也罷。

但在文化層次看來，〈韓憑夫婦〉有著極大的象徵意義，當年太史公《史記》內論遊俠刺客，其實諸俠客的德行乏善可陳，其可陳者，惟其慷慨赴死的氣節，荊軻是例外，他是中國的哈姆雷特，充滿猶豫與反悔，他功敗垂成，並非劍術疏拙，千古艱辛爲一死，而太史公隱隱又爲自己的苟生悲，這種歷史式的文學觀，從《史記》進展入《搜神記》脈絡分明，換句話說，那就是借歷史事件，進而作文學演繹及演出，更由眞實的「史」進化入魔幻的「神」。

試用白話簡單一述韓憑夫婦故事，韓憑是戰國時宋國國君宋康王的「舍人」（即門客之類），有一個美艷的妻子何氏，康王涎色何氏，收奪爲己用，韓憑怨恨，宋王隨即收押憑入獄，日作戍卒，夜則築城，何氏密遣一首詩給丈夫，韓憑讀後不久就自殺了。憑死後，何氏亦設計自盡，並遺書給宋王，希望能將他們夫婦合葬。宋王大怒，使當地的人埋葬兩人，墳塚相望，並對他們說：「你們兩夫婦如此恩愛，若能使兩塚相合，則我亦無法阻止了。」過了不久，墳塚兩頭各生一棵巨大的梓木，十餘日後，已長大到能讓人滿抱樹幹，而兩樹互相屈體相就，結成連理之枝，而樹根亦交錯互纏，宋人哀之，就把這種樹稱爲相思樹。相思之名，起由於此。

表面看來是個簡簡單單的故事，但主人翁的生死不渝，及統治者的荒淫殘暴，成了非常強烈的對比，有時簡單幾個字，道盡箇中哀酸，譬如說到韓憑娶妻何氏，下面就這麼簡短的寫道——「美，康王奪之，憑怨，王囚之。」一切因果就來自一個「美」字，而統治者的行動是「奪」，屬下者的反應惟有「怨」，最後解決的方法是「囚」。

何氏密遣給韓憑的書信是一首隱喻詩，內云：「其雨淫淫，河大水深，日出當心。」後來亦給宋王查獲了，據他臣子的解釋，淫雨是愁思之長遠，河水是阻隔的無法相見，日出，指死志。這首詩，不若後來韓憑夫婦死後流傳在民間的歌謠，據云何氏曾作〈烏鵲歌〉以見志，歌曰：「南山有烏，北山張羅；烏自高飛，羅當奈何！烏鵲雙飛，不樂鳳凰；妾是庶人，不樂宋王。」哀怨絕倫。

古代的抗爭與現代不同，古代最後惟有一死，別無其他，但是抗爭的聲音，除了能夠傳誦千古的詩歌外，就以能超越現實的誌怪小說了，這種誌怪，可以視爲魔幻寫實的原型，更是變形神話的豐富主題，肉身可被磨折，可死，但無法囚禁的是死後的精靈，兩顆相愛的心，兩棵樹，結成連理，給那些怕死而心靈空虛無比的寡人看。

一九九三年四月二十四日

陶杯閒情

記得讀完方瑜的《陶杯秋色》已是盛秋的時分，其實秋天不盡是肅殺，它的氣魄豪放中有一份悲涼，令人心情跌宕，甘願在兩極奔馳，而不願選擇妥協中間，讀到她提及川端在《山中音》筆下的銀杏，以及在溪頭觀賞的銀杏林，心中一陣沸騰，眞欲想立刻告訴她——「這也就是我知道秋天的小葉銀杏喲。」然而世間事大多如此，願違者多，事成者少，留下來不過是早晨一杯紅茶後的惆悵。很多訪我的朋友都知道，南加大校園有我一棵心愛銀杏，從一株小樹苗栽種，已成爲我多年極少數的校園友人，常覺得這世上，人不如花，花不語而解語，一棵銀杏的榮枯，倒常是我起伏心情。

文學是文化環境中一種強烈專注的表達，更由於這種強烈專注的摧動，它必須配備以敏銳感覺和觀察，塑成爲文學屬性，夫子鼓勵多識鳥獸草木之名，大概就是這種詩境的臻達吧，我喜歡方瑜的散文，就是她能恆常把詩心寄存在小小事物，由於她在中國文學渾厚的功力，景物章句隨手拈來，令人心曠神怡，更再而沈思再三。這種現實限制突破，想像意念飛揚，千古文人，無人脫此窠臼，譬如用作書名的陶杯，由於彩釉精巧運用，黑白有致，一片葦花飛舞的圖案，帶來無限秋色，因而詩心雀躍，更令人聯想到濟慈，或史蒂芬斯。當然，陶杯不止爲陶土所製，更有淵明與酒的暗示。

方瑜剛巧是我認識雄女同期三個作家之一，其他兩人爲李黎與鍾玲，三個之中，又以李黎與我在美來往較多，鍾玲早期在美及後期高雄交往較熟，方瑜見面較少而性情卻頗相投，她人如其文，言行舉止，端雅莊嫻，但其性格耿介，融理於情，卻又恍如舊識，我十分懷念一些和金恆煒夫婦及她在「老樹」喝咖啡的日子，據聞李永熾也是咖啡高手，但想起居作業不同，尚未領教。倒是他們的小女衣晴苦修《笑傲》一書時，碰到我如獲秘笈，參詳人身穴道位置，小小一個「合谷」，已令她酸痲讚嘆不已。

人生已到一個階段，常想三五友好相聚，遵循茶道規矩，不談親友錢財，共相珍惜短暫時光，從前《文季》諸友在木柵有此構想，但當年青春年少，雖早已棄酒，卻仍不在乎落魄江湖，許多從前沒有想到的事，現在想到了，不明白的，現在明白了，雖然還未到川端晚年情懷，但一片杏葉而知秋，我開始明白許多谷崎、川端與銀杏的意義。

讀方瑜散文，才會欣賞到生活的閒適，後現代社會文化最大弊病還是在尋回那一度萎縮在現代主義的自我後，又重新失落在繁複快遞的生活節奏。閒情，原是一種「文化空間」，也是一種「必須空間」，生命原無許多突發戲劇事件，這些事件多發生在八點檔的肥皂劇裏，如果世間皆是不平凡的人事，那麼平凡的人事倒顯得不平凡了，這也是我比較欣賞方瑜生活閒情的一面，試錄小小一段——「一天時間，如此分割之後，眞正屬於我自己享用的片段，一週中，就只剩下一兩個無事的下午。以多年經驗累積的純熟，先快速收拾好屋子，家中只有此刻稱得上窗明几淨，同樣的空間，感覺上似乎變得特別寬敞。但是，並不期待訪客，也盼望不要有電話。日色清亮的午後，我喜歡一杯花果薰焙的清香紅茶；如果陰雨天氣，那就比較適合香味淳厚的咖啡……。」

她說出了我心內的話，這番話，其實也是許多許多臺北人心裏想要說的。

至於眠狂四郎的圓月殺法，那應該是她的另一種豪情了。

一九九三年五月一日

海外作家症候羣

我對近日頗爲流行的「海外作家」名稱極爲敏感，而敏感性十分複雜，像春天的花粉症，聽到會無端連打噴嚏，最令人感到複雜的原因是，好像自己也是一個海外作家，而爲海外族羣，那就難怪有如花粉症般淚水漣漣，不知何以自處了。

究竟所謂海外作家，是因爲人在海外，而繼續從事創作，就可稱如上述？或是另有其他因素？這些都是值得探討的問題。如果是人在海外，究竟要多久才有「資格」算海外，如果是作家，究竟是以國內的文藝標準而定——意指作品在國內各報刊發表？還是以國外文藝標準——作品在海外刊物（如歐美版或國際版）發表？

而最常困擾我的是，爲何作家這行業要標榜海外？爲何又沒有海外醫生、海外律師、海外工程師或海外銀行家？當然，我們有一個非常籠統的名詞，叫「海外學人」，一網打盡所有在海外卓有成就的學術人士。

這個問題和新女性主義的「性別」研究十分相似，女性主義早期抵抗大男人主義而提倡的「女異於男」，已造成本身困境，既然「歷史」（history）是「男人的故事」（his story），那麼「男主席」（chairman）便須改成主席（chairperson），種種抗爭都在顯示女性強烈的平等訴求，以求把整體「話語」扭轉乾坤。可是隨即發現，男性竟也有不平等待遇，既然有女秘書這名詞，同樣就該有男秘書，有女護士，就該有男護士……，如果如此類推，由女兵自傳寫到男將軍自傳，何時才能理出一個頭緒。

言歸正傳，既然積非成是，那麼追隨男秘書或女護士之後，作家之外，除了男女作家，自然也有海外作家了，但「海外」作家假如是一個相對的辯證名詞，它自然與「國內」緊密相連，內外互補，聲息相聞，息息相關；可是細觀之下，又不盡是如此，許多海外作家和國內文壇的隔閡，已達驚人程度，這種現象，和許多海外華僑十分相似，甚至應該呼為華僑作家。

我心目中的海外作家，不一定先要在國內寫作或成名，海外成長的，只要和國內文壇藕斷絲連，血濃於水便可，如此一來所謂海外海內，倒顯得不甚重要，但值得強調的是，海外絕對是本土的延伸，沒有本土的根，就沒有飄零的海外，海外強調的不是一個身分，而是一種處境，這種處境不斷隨著本土身分演變而遞變，也就是說，海外處境隨著對本土變化的認識而不斷糅合衝擊，再加上邊緣性及海外空間，它可以產生許多特殊反應及演出，成為比猶太民族流放下的「放逐文學」更具特色的文學。

非常惋惜的是，如前所述，許多海外作家對國內文化現象簡直一無所知，而每次他們回歸，觀光性更大於介入性，如此驚人的脫節現象，令我思之再三，不得不執筆為文，更明知自己也背負著同一標籤，如此一來，遂有相殘之譏，但另一方面，這類族羣繁殖日漸增長，脫節日益明顯，嚴重影響文壇生態，與我所見相同者，想也不在少數。

尤令人感慨的是最近某歐洲華文女作家，在感懷去年深秋在臺北盛會之餘，因為久聞卡拉OK盛名，便找家人去帶她解惑，結果感懷是——本來對流行歌曲不甚欣賞的她，但一聽卡拉之後，頓覺得有些歌詞「竟能一針見血的點出人生哲理，眞的讓人不敢小看，譬如有首叫《瀟灑走一回》的歌……瞧他把人生看得多明澈，給人帶來多少警惕。」

這還不止，她繼續寫：「有個叫羅大佑的，彷彿是個年輕的作歌及唱歌者，寫了一首叫《戀曲一九九〇》的歌……可說比好多報紙副刊登載的散文還美。」

如果這位海外作家的讀者對象在臺北，不知道臺灣讀者看了是啞然失笑，或啼笑皆非。也許這位作家雅好古典音樂，而不知莎莉，或葉倩文是誰，也許她身在海外，沒法看到中文電視而不知《京城四少》，更不要說現在的《包青天》，或早期的《愛》或《緣》了，但她和臺北的距離起碼相隔了二十年，甚至還不止，因爲除了時間空間，她對臺北的文化演變尤其貧乏——她竟然不知道有羅大佑！既然她不知道有羅大佑，那麼她更不知道有林正杰，或張艾嘉和她的兒子奧斯卡了，她既然只知道羅大佑的《戀曲一九九〇》，她自然不知道有《愛人同志》或《皇后大道東》了，其實，根據她提出的《瀟灑走一回》及《戀曲》這兩首歌，我推想如果正確，那麼這張雷射唱片更有羅的另一首《東方之珠》及甄妮的《魯冰花》，尤其是《魯冰花》，一個需要了解臺灣現代文化的人，怎麼可以不懂羅大佑或鍾肇政！

那麼就從七〇年代的羅大佑開始，或侯德健，或校園民歌，如果要追隨臺灣文藝發展的現代傳統，以及爲何產生今日後現代的卡拉、K、H等等現象，我們能夠不知道羅大佑的《童年》、《風兒輕輕吹》、《戀曲一九八〇》，或侯德健的《捉泥鰍》、《歸去來兮》或《老歌手》嗎？當然，《龍的傳人》是海內外家傳戶曉的，正如《梅花》一樣，已經成爲政治性典型歌曲。

這位海外華文女作家除了感懷盛會、歌唱外，還非常關心臺灣的書店與出版業，但她感到欣喜的是暢銷的佛學書籍，我在這兒並沒有對星雲、證嚴兩位大師或林清玄先生有絲毫不敬之處，只是在提及這種現象之餘，我們不可以用臺北的消費社會，或純文學性書籍越來越少這類的外行話，來把蓬勃的臺北文學現象「欲蓋彌彰」，我不知她去那一間書店，希望是金石堂、誠品之類，我不知她指的出版特色——「很多出自名不見經傳的年輕作家之手」是誰，但如果她連《京城四少》或羅大佑也不知道，我十分害怕那些在她眼裏名不見經傳，其實正是當今文化主力，我不知道她聽過張大春或朱天心沒有，也不知道是否曉得李永平寫《海東青》的故事，或東方白的《浪淘沙》，更不要說現今崛起的年輕作家如陳義芝、焦桐、莊裕安、陳黎、白靈、許悔之……等等名字了；如此也不用提王溢嘉這些人了。

如此龐大的海外作家症候羣，又有什麼苦口的良方可以治療呢？這些都應該是文建會、文工會、文復會、新聞局、教育部、僑委會等政府單位努力研討的課題吧。

一九九三年五月十四日

薄如輕絲的分別

——入江恭子教授一二事

在美國，入江恭子不以原名見知於學術界，她從夫姓，丈夫是紐約州立大學伯罕頓分校研究中國大陸社會政治經濟見長的馬克・塞爾頓（Mark Selden）教授，兩人都是耶魯博士，入江畢業於六〇年代末期的耶魯英文系，正是哈勞・勃洛姆（Harold Bloom）等名家在耶魯成爲文學重鎭之時，入江名列門牆，自是學得一身技藝，她畢業時即嫁給塞爾頓，所以一直以塞恭子（Kyoko Selden）爲名寫作或發表。

塞爾頓夫婦於一九六五年來臺，因爲馬克正在研究撰寫臺灣的一個社會報告，將會在臺居停一段時間，恭子遂隨夫前來臺居住，她的父母都在東京，父親好像是一位東大頗有名的教授，耳濡目染，舉止嫻雅，她在耶魯專攻戲劇，在臺停留期間遂在政治大學西語系客座一門「當代戲劇」，是選修課，但因爲當時純以外語授課的教授不多，選讀的同學非常踴躍，包括我和王潤華，我倆同是西語系三年級生，選讀這門「現代戲劇」正是理所當然之事，而且臺北整日都是荒謬劇場及《等待果陀》，還有邱剛健的《劇場》雜誌，當時求知之渴，用功之勤，兩人同爲班中的高材生可謂當之無愧，但後來四年級想起要修孟十還教授的「俄國文學」，因爲班中無法湊足五個選讀學生之數，而課程被迫取消，卻令我爲其他西語系同學感到羞愧。

我以恭子稱呼曾當我老師的入江教授（當時大家都叫她塞爾頓夫人 Mrs. Selden）並無不敬之處，因爲我們後來成了朋友，同時她還是在美國我最好朋友的同窗好友，更令人感到當代劇場的荒謬，但當時我還是非常恭敬的稱呼她爲夫人，一直到七〇年代在北加州蒙特里半島重逢時，才轉稱恭子。

其實六〇年代的入江教授非常年輕，不到三十歲，而且個子嬌小，更令其他老教授錯覺更年輕，她每星期四授課一個下午，自臺北坐校車入木柵，每次上課的開場白都提到與同車教授交談趣事，有時興奮，有時激奮，因爲馬克・塞爾頓是徹底的開明左派，這個名詞雖然有點含糊，但只要試想把人文科學的現代戲劇混合在社會科學的社會經濟研究，對六〇年代臺灣的種種興奮與激奮，是非常自然的。我最近收到一份開會通知，是今年五月八日在加州大學洛杉磯分校召開的一個小型南加州中國研討會議，議程就有塞爾頓一份報告，題目爲「延安路線的重新考慮」，未聞其文，已知其人，他多年來的努力焦點，仍然放在中國大陸的社會政治與經濟。

恭子在臺期間，王潤華和她較熟，我則只有和其他同學到她家裏吃過一次漢堡牛肉，並且聆聽塞爾頓表演吹奏愛爾蘭木笛，這已經是二十多年前的事情了。我翻開潤華的舊作，一九六五年他大三，已經翻譯並出版卡謬的《異鄉人》，而爲中文版寫了一篇英文前記的人，赫然就是入江恭子教授，這篇前記其實是一篇簡短的《異鄉人》研究，顯露出她深厚的文學功力。翌年，潤華再出版他的首本詩集《患病的太陽》，內裏附英譯詩三首，其中一首〈守潭〉英譯者，亦爲入江恭子教授，她對中國文字（漢字）及古典文學認識頗深，閱讀無礙，惟不能交談，對這首詩的演繹顯然下過一番功夫，因爲她不譯「潭」爲「pond」，而取音義皆顯的「tarn」，更顯深山小潭之意，因爲潤華詩內這樣寫過：

我們終於回到寂寞的深山
淪陷於蒼老的山嵐，四個人
便圍著荒涼的潭坐下

說起詩，便想到早年在美和恭子通信的事，因爲東西兩岸相隔，見面不易，而且一時三刻也沒有許多話要說，倒是三言兩語的短簡卻十分適中宜人，她對中國古詩興趣極濃，而且索典頗殷，常令我招架不住，但想想這也已是十多年前的事了，其間，值得一提的是一九八〇年我在東京，謁護國寺，在墓園的花樹繞道到恭子母親入江夫人墓前，給她上一炷香。後來成詩一首，收在我的《錯誤十四行》。

去年讀到她的斷章殘句，前塵往事，又不禁湧上心頭，世間之事皆是如此，一旦音訊杳渺，以爲一切依舊，其實仔細端詳，卻又已人事全非。我已經多年沒有恭子的音訊，但是知道她仍利用良好的雙語做了許多英譯，去年今日，大概也是暮春時分吧，我在《美國詩評論》雙月刊讀到苔絲・嘉麗花（Tess Gallagher）的一首〈諸事成雙〉（Two of Anything），嘉麗花是美國當今中年代最以詩風柔膩深厚的女詩人，這首〈諸事成雙〉前面居然引用了入江恭子的句子，這兩句頗爲難譯，一時三刻，令人手足無措，我先把原文附後：

What silk-thin difference
if I stay to dream or go.

意思就是說——「無論我留下繼續夢想或是離去，那是一種薄如輕絲的分別。」

如此輕的絲質，做成如此沈重語氣，世間難得如此佳句，怪不得嘉麗花青睞作爲引句，因爲詩題爲「諸事成雙」，其實是隻影孤單，這是一首非常動人的抒情詩，而這類小品抒情在美國現代主義餘風之下一直餘韻不絕，沁人心脾，比艾芝安・李姝（Adrienne Rich）之類的女性主義詩人更有詩意得多了，而且自意象主義以降，美國現代詩對東方（中國和日本尤甚）沈迷甚深，尤其古典，入江恭子以恭子爲名，塞爾頓爲姓，更糅合東西兩極。以後有機會當把這首詩譯出，以饗中國讀者。

如前所云，已經十多年沒有她的音訊了，猶記得最後一次來信，是向我詢及秋扇見捐的典故，一語成讖，許多故人，棄捐篋笥中，恩情中道絕。

一九九三年六月五日

有人在彈鋼琴

——詩與愛的故事

一九九三年四月二十七日，《洛杉磯時報》以頭條彩色圖片新聞，報導了凱特與她去世丈夫京士萊一段詩歌與愛情的故事。

凱特的父親是好萊塢的一名醫生，一九三三年把女兒下嫁給當會計師的京士萊，小兩口子因對詩有著特別喜愛，在青春愛情歲月裏，書房滿是英美詩人詩集，京士萊本人除了精於數字，也精文字，他在史丹福唸書時就唸經濟與哲學，寫詩也自然而然成了他的副業嗜好。在四、五〇年代現代主義詩人的例證比比皆是，華萊士．史蒂芬斯為保險公司副總裁，威廉．威廉斯為執業醫生，而他們都分執美國現代詩牛耳，京士萊不是大詩人（在凱特的眼裏當是），但在他的詩作裏，不斷出現非常本土的南加州氣息，他寫好萊塢山區的黃鼠狼、聖他蒙妮加的釣魚者，還有許多許多給妻子的情詩。

這樣的琴瑟歲月一直保持近六十年，那是中國人的一甲子，前年底聖誕，年老的京士萊坐在心愛的搖椅上，抽著煙斗，誦讀新寫的詩給友人聽，那是美國式的溫馨時刻，忽地他感到一陣暈眩，煙斗掉到地下，死神藉心臟病奪走了他。

這一年多來，凱特一直在追憶京士萊與她一起的生前種種，京士萊是一個成功的會計師，所以生活寬裕，他不但在各大雜誌發表他的詩與短篇小說，還能自費出版他的黑色燙金詩集，他常覺得上帝給他的最大恩典，就是擁有詩情繼續寫作。

但是令人感動的不是凱特與京士萊的恩愛故事，而是他們在詩般的恩愛生活裏，經常討論到如何回饋詩歌，甚至更互相承諾，夫妻兩人有誰先走，另一個就成立一個年度基金，以獎金鼓勵一個詩人的全年創作，而不愁生計。可是他們均非腰纏萬貫。但自六〇年代開始，洛杉磯房地產高飆，這項理想已經有實踐基礎，那是凱特在那兒誕生的一幢父親留下給她的十四個房間華厦，位在好萊塢山麓，當時以一九〇六年的地價是十一塊錢一畝，她父親一共買了十畝半來營建這幢兩層樓的房子，讀經濟學的京士萊馬上警覺到，只要他們繼續保存這房子，到了他倆年老時的產值，一定可以實踐他們的理想。

可是他們怎樣也未想到，多年來房子的確增值了，而他們年紀也老了，但年老夫婦住在這山邊的一幢華厦實在也是一種折磨，從停車路到大門口，一共有三十九道石階攀登，五年前他們已因高齡放棄駕駛，出入均以計程車代步，但試想把一星期的食物用品搬上三十九道石階，不由得不讓這對老夫婦心中揣想：「我們究竟能熬上多久？」

但他們還是咬緊牙根的熬過去了，因爲他們心裏知道，多熬一天房值就多增一分，理想就更進一步。終於等到有這麼一天，京士萊去世後，凱特把房子拍賣，成立一個一百二十五萬美金的永久捐助基金，自己搬去一間比客廳還小的共渡公寓，房子仍滿是書，還有京士萊出版的五本語錄，他的那張大書桌，及老爺打字機。

最初凱特去找京士萊的母校史丹福大學，但大學校自有大作風，史丹福要求得獎詩人必須要駐校一個學期，而且評選委員會也要由大學的教授組成來評審，得到如此待遇，凱特決定把錢放在別處。

她終於找到南加州傳統優厚的克里蒙特研究所，那是一所以五座優秀學院組成的私立大學，他們答應以極公正的評選及全國性的挑選來執行，一年以五萬美元獎額去資助一名詩人全力從事他的創作。

一九九三年四月二十六日，是凱特・塔夫特一生最激奮而有意義的日子，因爲她和夫君京士萊的畢生美夢成眞。她把五萬元的獎金交給來自紐約的女詩人蘇珊・米契爾，第一位獲得年度京士萊・塔夫特詩獎的詩人，她以詩集《狂喜》擊敗了其他五百四十五部詩集對手，獲取了這獎額儕於世界任何大詩獎的名譽。她的詩寫得非常好，這裏有她的一首八行短詩，名〈海濱飯店〉：

海濱飯店裏有人在彈鋼琴
鋼琴好想被人彈奏
像彈子機，好想那人把體重
傾壓在音樂上直到音響傾斜，但那
人
只在鋼琴內漫遊，像一個人
在一幢空洞的大樓內找電梯
或是一個醉酒者，老是重複著
他那首記憶不全的歌。

公元前五世紀的中國，夫子諄諄叮囑：「小子何莫學夫詩！」公元後二千年，什麼時候我們才有百萬詩歌徵文？或是一個令詩人衣食無憂的年度詩獎？或甚至，一個小小的詩與愛的故事？

一九九三年六月二十五日

湘女與香女

兩岸電影互動交流，謝飛的《香魂女》敲開臺灣正式觀賞大陸電影的大門，本來從絲路或黃河之類的旅遊風土報導，到陳凱歌《黃土地》等的錄影帶，早已充斥市面，並廣爲臺灣觀眾（指特殊類觀眾而言）所熟悉，但是從錄影帶到三十五厘米，雖在電影史是一小步，但跨越海峽兩岸空間的卻是一大步，尤其隨著謝晉的步伐，謝飛來臺，《香魂女》更與《喜宴》同獲四十三屆柏林影展金熊獎，謝飛與李安、金素梅與斯琴高娃，同步令人注目，怪不得謝飛抵臺後語帶雙關說：《香魂女》終於可以在臺開喜宴了。

謝飛原是北京電影學院副院長兼高級講師，教授編導理論及電影教育等課程，早期在新疆督替天山製片廠拍有《嚮導》一片，描述新疆少數民族祖孫三代爲歐洲探險家作嚮導的故事。文革後回北京，爲北京青年製片廠拍製《我們的農村》，描寫五個城市知青在文化大革命時下放農村的經歷。

謝飛繼於一九八六年被南加州大學邀請來美作魯斯訪問學者一年，來美前他剛拍好《湘女蕭蕭》，南加大的電影系非常有名，但對中國電影非常陌生，就連已逝世的休士頓教授Beverly Houston曾在中國講授電影，但她專長的仍然是好萊塢五〇年代電影，對中國電影發展沒有太多了解，其他電影系教授更不用說了，那時謝飛的《湘女》在南加大試片，並詳加解答（使我憶及但漢章當年在臺拍的《暗夜》，在洛杉磯加大試片的情形），令西方人對中國電影耳目一新，另眼相看，那時五代導演已經嶄露頭角，洛杉磯的藝術小型電影院開始放映《黃土地》、《黑炮事件》，早期楊敦平負責的世華中文電視臺也曾不遺餘力的介紹中國電影，別有一番氣象。謝飛後在南加大也安排了一個中國電影回顧展，十分成功。

畢業於一九六五年北京電影學院的謝飛，應該屬第四代，從《湘女》開始，也許是文學作品的啟發，他非常細膩於性格塑造，以及場景設計，許多電影語言，特寫或特寫的暗示與主旨，都讓人強烈感到其中的抒情主義，尤其是西方觀眾，後來回國後拍的《本命年》及《香魂女》，都帶有這種傾向，形成他個人的特殊藝術風格。

在拍《湘女》時，謝飛曾走訪沈從文兩次，後來寫有《二訪沈從文》一文，那應該是一九八六年的時候，沈老在前兩年中風未癒，行動說話都不方便，常需他夫人張充和女士作「翻譯」，但卻十分高興早年作品如《邊城》及《湘女蕭蕭》的被搬上銀幕，謝飛這樣記述——

言談中，我驚異地發現，沈老對五十多年前他塑造的那個湘西山村的童養媳蕭蕭的一切，記得那樣的清楚和細緻。蕭蕭的長相、髮式，婆婆家屋的格局，做什麼活計，以及夏夜的紡織娘怎麼叫，流傳的山歌如何唱，一樁樁說來，如數家珍，興味盎然，好似在講述他自己的往事和親人，充滿了深情和眷戀。

上面這段生動文字，充分把沈從文的影像呈現眼前。

待《湘女》拍竣後他再訪沈老，並且告知在鳳凰縣拍的集市、碾堂場面，新修復陳家祠堂的鑼鏜戲，以及在沅水之濱拍攝的蕭蕭住房、山野和梯田；沈老聽後——「笑了，甚至笑出了晶瑩的淚花。」

也就是這種文學感性與性格使謝飛更能在文學作品改編的電影裏瀟灑自如，《本命年》改編自劉恆的《黑的雪》，痛陳資本主義商品經濟如何蹂躪一個曾經在金光大道上的社會主義國家。《香魂女》改編自周大新的小說，我覺得與《湘女蕭蕭》風格十分接近，蛛絲馬跡，甚至可以看作謝飛對女性問題探討的一連串電影語言。

首先，和《囍宴》不同的是，《香魂女》內的角色，不是類型角色。相反，《囍宴》內老爸老媽就是臺灣的老爸老媽，同性戀者就是西方的同性戀者，紙婚的大陸妹就是充斥在今日美國許多大陸女性的困境，一直到影片的下半部，由於眞相暴露才產生角色的人性面，以及導演的演繹與剖析。

香二嫂與環環的婆媳性格，應該是文學角色所謂的發展圓型人物（round character），他們是隨著劇情的發展逐漸顯露與塑造出性格，讓觀眾懸疑追隨不捨，儘管她倆的丈夫——瘸子與弱智性無能兒子，都代表著一成不變的扁平人物（flat character），但女性本身的抉擇代表著角色進一步演繹與發展，由此給予演員更大的詮釋空間，斯琴高娃的生動演出，除了她是質優演員外，其他還是導演與編劇的貢獻。

一九九三年七月三十日

找回黑白分明的黃飛鴻

近年黃飛鴻與東方不敗的崛起，又是文學批評俄國形式主義的另一例證，那是除了正文以外，屬文與正文互相指涉，在電影藝術方面，這不僅讓編劇與導演尋求到更大演繹空間，同時在表現方面，也掙脫了對文字意象的亦步亦趨，而純粹從視覺與動作中發揮作品外涵，這是電影藝術與文學作品的一個分界線，同時也提供了以文學作品改編爲電影的一些新突破，讓中國電影更獨立塑做自己的創作形象及領域。

黃飛鴻傳奇不是一部文學作品。黃飛鴻只是中國近代的一個南方武師，在廣州設館，並以跌打術懸壺濟世，館名寶芝林，自有靈芝寶藥救世人之意，黃本人來自武林世家，父親黃麒英，亦以拳術授徒，黃飛鴻克紹箕裘，門下弟子也多自有成，在本地算是武林知名人士，更兼當時軍隊裝備不佳，基本訓練還是以國術的拳腳爲主，黃亦一度爲當地的軍隊教練，其影響更大。

這就是黃飛鴻的「正文」，因爲他並不是一部著作，也許我們不應視作正文，而更應把他看成當時的一種南方文化母體。非常可惜，我們在近年看到徐克監製下的幾部黃飛鴻，沒有一部能呈現這種文化母體的本土性，我們看到的是一種電影式的藝術處理，或甚至可以說，武術處理，比早期張徹或劉家良，更進一步。

黃飛鴻能夠成爲今天家喻戶曉人物，實在應歸功於五〇年代在香港由關德興主演的近百部黃飛鴻電影，從武俠電影發展史而言，黃飛鴻影集向前跨了一大步，掙脫了當時尙流連於《火燒紅蓮寺》章回小說放飛劍的卡通式電影，這類的淫僧俠女影片，當時由一批有武術根底藝人如于素秋（她就是于占元的女兒，而于老先生則是洪金寶、成龍等七小福的老師）、鄔麗珠，及其他龍虎武師（大部分均自中國大陸失陷而流徙香港）主演，但自黃飛鴻電影一出，便取代了上述飛劍卡通的領導位置。

關德興主演黃飛鴻角色的成功絕非偶然，除了角色性格塑做的成功——關本人是紅船老倌出身，以演紅臉關雲長出名，有如今天正義凜凜的包青天——加上早年紅船老倌的武功根底，最重要而不能忽視的，更是黃飛鴻影集已隨著當時五〇年代的其他香港電影（包括以謝賢爲當紅小生的一連串文藝愛情影片）進入寫實主義。

這一類寫實甚難界定，它一方面缺少像意大利及日本戰後寫實主義的藝術處理，但另一方面卻在商業主義背後成功顯現強烈的懷舊情緒，五〇年代的香港人懷念什麼呢？當然是當時稱爲鐵幕或竹幕的中國大陸，但中國之大，那一處最吸引香港人眷戀懷念呢？當然是血濃於水的南方廣東，這就是香港人早年的文化母性，一直要到四十年後的九〇年代，才讓五〇年代成爲關錦鵬或王家衛的另一種懷舊情結。

這類黃飛鴻懷舊寫實，剛好塡滿了香港殖民主義統治下的文化眞空，它既不與紅鬚綠眼的英國統治者牴觸，同時更因宣揚中國傳統美德的忠孝節義（就像梁朝偉早年主演的警察學校電視片集及近年成龍主演的警察故事），而讓喘息在戰禍之餘的香港人找到一處短暫的文化棲息所。

因爲宣揚忠孝節義典範，角色遂都分別成爲典型人物，由關德興演的黃飛鴻永遠是忍辱負重的正面人物，非到最後關頭，萬不得已才出手，而且永遠站在正義的勝利一面。由石堅（即李小龍所主演《猛龍過江》一片內用鐵手掌的大壞人韓先生）主演的壞人永遠向黃飛鴻挑釁，由於石堅本人是北少林高手，身手敏捷，拳腳兵器諸般使用，跳躍騰挪，與關德興南拳的硬拳硬馬相比，互映成趣，成爲扣住觀眾心弦的主力，這是黃飛鴻電影的兩朶牡丹，其他綠葉包括由曹達華演的首徒梁寬（小生），劉湛演的綽號豬肉榮的林世榮（花臉），西瓜刨演的牙擦蘇（丑角），隨影片更換的美女牌（旦角）及一些演黃飛鴻其他門徒如凌雲楷等的配角，都能恰到好處的表現這類草根人物原型特色，因此梁寬永遠風流惹禍，豬肉榮耿直火爆，牙擦蘇言多而口吃，令人發噱焦急，而且角也多來自有粵劇根底的伶人，更見傳統氣質，再加上經常助陣的龍虎武師如袁小田等人，儼然武林結盟，因為劉湛亦是師傅級的武林高手（他的兒子就是劉家良），洪拳功夫短橋矮馬，真不知他是演自己或是演林世榮，事實上，林世榮的洪拳在香港後來亦開枝散葉，他的姪子林祖設館授徒，有一定影響力。

由此可知，黃飛鴻傳奇其實是中國海外文化的一個縮影，香港電影成就本來就是一個異數，成就有目共睹，但我十分希望臺灣觀眾在飽睹趙文卓或李連杰彩色武術招數之餘，能夠飲水思源找回那一段已成為傳奇的黃飛鴻，那些黑白分明的寫實。

黃飛鴻（一八四七—一九二四）是廣東著名的洪拳拳師，為廣東十虎之一，現在被徐克拍紅的黃飛鴻，以及周星馳演紅的蘇乞兒（更早應是袁和平拍的《醉拳》，由袁小田飾演成龍師父的蘇乞兒），都在十虎之內，其他八人，包括有黃飛鴻父親黃麒英、鐵橋三、王隱林、黃澄可、譚濟筠、鐵指陳、周泰、蘇黑虎等，顧名思義，許多以技擊出色的名家，其綽號已代替本名，鐵橋三自然是橋手如鐵，鐵指陳的指剛如鷹爪，其他老虎各門各派都有不少掌故，引人入勝，耐人尋味，慢慢融入地方性的本土文化，這點和西螺七劍或廖添丁等故事，性質上都十分相近，即使所謂十虎，相信也是後人營造，龍生九子，不見得那時廣州就剛只有十隻武功高強的老虎，而且成虎成龍標準也難以拿捏（有如今日歌壇的四大天王或者昔日文壇的十大詩人），十虎之如此附會出名，相信是由一名在香港業醫習武的文人朱愚齋在報刊撰寫的〈黃飛鴻傳〉以及有關嶺南拳術掌故書籍而致，再加上關德興連拍了八十三集《黃飛鴻集》而令五、六〇年代的香港家傳戶曉。

所謂洪拳，自有反清復明之淵源，更因傳自少林寺俗家弟子洪熙官，洪熙官繼傳弟子陸阿采，陸阿采在廣東再傳黃飛鴻的父親黃麒英，子承父業，黃飛鴻天資聰穎，據聞十六歲便開館授徒，但想來應是他幫父親一起授拳，由於自少訓練，拳套兵器都比別人懂得多，由他傳授非常合理，父親或兒子開的武館一點也不重要。

南拳北腿，自古皆然，南拳又以洪、劉、蔡、李、莫五家最有名，洪拳兵器套路頗多，拳套就有劉家拳、箭拳、少林伏虎拳、虎鶴雙形拳、十形拳、倒亂五形拳及鐵線拳等，黃飛鴻曾在以黑旗軍和法國人作戰的劉永福麾下當技擊教練，亦曾在福軍軍長李福林下任總教練之職，所以雖不似林沖的東京八十萬禁軍教頭，但在兵旅從其習技者當上萬計，他另又在廣州當時之三欄——菜欄、水果欄及鹹魚欄教授技擊，在勞動階層享有崇高地位。

他一個人無法兼授各處拳技，所以自然而然有一批得意門徒的茁起，到今天而言，黃飛鴻的第五代徒弟都已成長了。他當年的得意門徒包括有梁寬、凌雲楷、陳殿標、帥老郁、帥老彥叔姪、林世榮（豬肉榮）、馮學標（賣魚燦）等人，梁寬本爲銅鐵店學徒，十餘歲從黃習技，二十歲盡得眞傳，腳上功夫亦好，人稱鬼腳七，黃後來便把三欄讓梁去當教練，惜梁早死，二十五歲便爲火銃暗殺，是中國傳統武術屈服於西方文明的例證。其他林世榮與馮學標，一看其綽號便知爲販夫走卒，但兩人在武林同享崇高聲譽，尤其是林世榮後來在香港設館授徒，他的徒弟劉湛，後來在黃飛鴻電影中演他師父豬肉榮，無論外形拳腳，都維妙維肖。賣魚燦的另一徒弟邵漢生後來亦從廣州省城來港從影，亦有在《黃飛鴻片集》中演出，加上當時《黃飛鴻片集》的武術指導爲劉湛及梁永亨，而梁亦是黃飛鴻的再傳弟子，再配上石堅及林蛟等有武功根底的演員，即使故事橋段老套，但武打還是非常悅目。

黃飛鴻自元配去世後，續娶兩絃皆夭亡，自覺有剋妻命，後娶莫桂蘭便稱爲妾，莫桂蘭自從《黃飛鴻片集》走紅後，在香港比黃飛鴻更紅，因爲她是碩果僅存的見證，黃本有兩子，大兒習武，亦爲火銃暗殺，黃自此便不再傳技給他的幼子黃漢熙，所以黃漢熙一生在香港都爲人知悉是黃飛鴻之子，但除了長相和他父親一模一樣以外，其他一無所似。

黃在技擊上最爲人稱道的是他的無影腳，無影腳法以訛傳訛，現今已如古龍小說一般神奇了，其他還有虎尾腳，這些都在五、六〇年代坊間的技擊小說津津樂道。所謂無影，其義當謂其快如風，無蹤無影，但另一義則應爲以手撥掩對方眼神，一旦爲其惑蔽，飛腳蹴踢，無一不立竿見影。據云無影腳乃是一北方女子下嫁南拳師宋輝鏜而傳入粵者，後來黃飛鴻與宋訂交，以伏虎拳與鐵線拳兩套拳法與之交換，始得無影腳法。

南方技擊傳說充滿趣味傳奇，在文化而言應是一種特殊領域的知識傳授（lore），譬如宋輝鏜之得無影腳，實是先敗於該女子之腳而後娶爲妻，這一類的文學主旨十分多，如最近周星馳與鞏俐主演的《唐伯虎點秋香》，周與梅艷芳的《審死官》（抄取廣東才子倫文敍或徐文長故事橋段而輯成），或是更早的蘇小妹三難新郎等等。另外傳聞甚盛的五點梅花棍法，一壓一彈之間，棍尾可連穿五個小孔，形似梅花，這些都似乎不斷在告訴世人所謂「功夫」，其實就是時間與鍛鍊的意思。

（本文憑記憶撰寫，人名身分或有錯誤之處，請諒。）

一九九三年八月十四日

亞裔眼淚一廂情願

隨著金馬奔騰的熱身運動，外片觀摩能一枝獨秀，讓大編導們涕淚縱橫走出影院的，要算所謂華裔電影的《喜福會》了。當初這部影片在洛杉磯試片時，影評人就不斷的暗示這是一部賺人熱淚的煽情片，果然，片子公映後，車水馬龍的觀眾，流的是如假包換一廂情願的亞裔眼淚。

爲什麼是一廂情願的喜福眼淚呢？我們可以從兩方面來看，一是文化觀點，一是電影藝術觀點。先說文化，美國自從以多元種族爲立國理想後，大熔爐已成虛無縹緲的神話，白人控制的思潮仍然壟斷東西兩面的融合，所以多年來強調多元文化之餘，稍有對亞裔文化有眞知灼見的文化工作者，多在抗議與不平歷史上著墨，企圖喚醒老一輩唐人街的沈默，以及年輕一代智識分子的警覺，而讓所謂美國文化有較公平而全面的代表性。這類以趙健秀等人爲主的亞裔文化所反映的黑暗面，實在是星條旗下的瘡疤。這些作品在七〇年代越戰期間方興未艾，但到八〇年代隨著越戰結束的幻滅而顯得後繼無力，抗議聲音非但喚不醒好逸惡勞的下一代，同時更令文化大老感到如芒刺在背，不知該納入正統抑是置爲旁枝，但隨著八〇年代早年少數民族文學在學院的衰微，問題好像就暫時解決了。亞裔文學與美國黑人文學的接受系統不一樣，由於黑人在語言、文化背景，以及環境上的全面美化，它的認同只在於矯正黑白種族之間的不平等關係；而亞裔文學或文化，尤其華裔文化而言，它強大的語言文化歷史源流固是一種龐大的民族遺產與資源，但另一方面卻在融合過程中成爲另一個無法丟棄的大包袱，尤其在替上一代討回公道的敍述過程裏，雖然成功地打破那種媚外的「花鼓歌」俗套，但往往又流入亞裔兩代之間的鴻溝與矛盾。

一直到湯婷婷的《女鬥士》出現，亞裔文學才「自以爲然」的有了一線爲白人文學接受的生機，雖然她並沒擺脫她的強大語言文化背景系統，但在處理這些資料的「道聽途說」態度，卻使湯婷婷的美國性陡然增加，尤其她的第三部作品《筋斗猴王》，主角已經中美合一，他的名字就叫惠特曼亞昇，而那些自幼從北加州小鎮父母處聽來有關《西遊記》的故事，片斷零碎一如早期《女鬥士》內的花木蘭。

在中華文化而言，這是一種扭曲，在美國亞裔文化而言，這是一個掙脫與生機，就像譚恩美的《喜福會》與她的第二部小說《灶娘子》，充滿種種對中國傳統了解的謬誤，但是物換星移，大多數的亞裔年輕人接受了這種模式而認同，雖然在一灑熱淚之餘，我們仍然在《洛杉磯時報》每星期一刊出的「對抗點」讀到不少亞裔對這模式憤怒的抗議。

眞的，一方面是對中國文化傳說的誤解與誤導，譬如，千里送鵝毛，或割股療親的典故，成了賺人熱淚的感情或抒情氾濫敍說。另一方面，一個從不希望對中國母體文化認同的美國亞裔人，她實在沒有任何道德責任去「字字皆有出處」，這就是能夠讓中外觀眾皆大歡喜的《喜福會》，所有的中國背景均是異國情調（excticism），有如前時風靡的卡通影片《阿拉丁》，即使這一類的「白雪公主」炒冷飯卡通，美國青少年還是看得如痴如醉，也不聞中東阿拉伯方面傳來什麼抗議。

但至少留美的一些海外作家十分失望，尤其是陳若曦及喻麗清等人，她們在譴責《喜福會》之餘，更不斷互勉以後講故事給女兒聽時非得貨眞價實，不要步入洪譚二人的後塵；其實傳統的亞裔文學也有反應，趙健秀編的《咿咦：亞裔文學選集》裏，就故意不選湯譚兩人。

以電影藝術而言，王穎實在是個好導演，當今在美的芸芸年輕中國導演，成就以他第一，而當年在港，他以一名電視編導而獲取繆騫人的青睞與芳心並非偶然。《喜福會》故事之難編難導，並不遜於早時的《金大班的最後一夜》，但王穎在這麼多的倒敍裏仍然脈絡分明，絲絲入扣，並不容易。尤其他在美國已居住了一大段時日，掌握華人生活起居形態十分貼切，一點不遜於他另一部執導的《吃一碗茶》。他的分鏡非常細膩，這是標準的好萊塢電影傳統，足見匠心。但是他最大的優點，仍然在於煽動與興起觀眾的情緒，有時一個冗長的鏡頭，無非爲了爭取較大的時間與空間，來讓觀眾哭濕他們的手帕。

所以，一本書，或一部電影的成功與失敗，表面看到的只是一些技巧與題旨，但背後文化思潮的影響仍然是巨大的，這就是爲什麼新批評以後，我們進入結構主義、後現代主義種種批評接觸的浪潮。

一九九三年十一月二十七日

華西街的維多利亞人

傅柯在那本著名的《性史》第一卷內提到，十七世紀的西方，對性還是滿坦誠的，但一到十九世紀的維多利亞時代，性隨即被壓制成禁忌與緘默，而社會生態卻處於一種矛盾狀態，一方面是中產階級虛僞對性的禁制與全面滅音滅影，另一方面卻妥協地容許非法的性活動，譬如，把娼妓、嫖客、淫媒、心理分析家與對心理有狂熱興趣的人放在一起，然後偷天換日把一種難以啟齒的欲樂變爲一種可以倚賴的事物秩序。

傅柯把這些人稱爲「另一種維多利亞人」，其實，上面他的這一番話說得文縐縐了一點，說得通俗一點，有點像我們一句「又要入勾欄，又要扮清高」。

閱報得悉民國八十二年十一月十四日清晨六時，旭日初升，臺北市中正紀念堂和臺北縣立文化中心陸續湧進了大批參加「反雛妓華西街慢跑」的民眾，這支反雛妓萬民大軍包括政府官員、民意代表、警界代表、宗教界、教育界、律師界、學生、原住民、影劇界、社團，以及各行各業的民眾。

其中詳細情形不必在此複述，但當時的確在心裏升起傅柯的另一種維多利亞人（其實，這一章的篇名就叫〈另一種維多利亞人的我們〉。）這樣的題材，落在魯迅、王禎和，或黃春明的手裏，會發展成非常有趣的敍述。

我並不是反對這種活動方式，相反，如果我聆聽到《華西街一蕊花》，和《風中的雛菊》這些曲子，一定會感動落淚，但是我懷疑這種參與方式與效果。據聞萬人隊伍無法通過狹窄的寶斗里，只好由七十餘名各界代表進入，包括有部長、市長、縣長、黨主席與立法委員等，暗巷泛紅的夜燈尚未熄滅，娼館大門緊鎖，激起館內的狗不斷狂吠，眞是一幅充滿人生諷刺的浮世繪。

當然，慢跑是一種抗議姿勢，但是我們關心的是慢跑之後又如何？這些各部首長和立法委員們在十四日當天回到辦公室或立法院的議程裏，縣市長選舉的波濤洶湧，一定蓋過娼妓顫抖的低泣吧！什麼才是立竿見影的行動呢？北投禁娼後，萬華區寶斗里現存有牌妓女戶十六家，據慢跑後第二天的報導，人潮還是一波波的來到華西街的妓女戶，問題仍然是：除了華西街或寶斗里，是否就沒有臺北男人要找用來發洩的妓女呢？

一九九三年十二月四日

何止一滴淚

——從巫寧坤的回憶錄《一滴淚》見證中國知識分子的苦難

巫寧坤是北京國際關係學院英語教授，現居美，有著非常良好的英美現代文學背景，他於五〇年代，在芝加哥大學修讀英美文學，並開始書寫有關艾略特批評系統的博士論文，因爲響應大陸解放後回國服務的呼召，毅然於一九五一年束裝回國任教於燕京大學，自此經歷了大半生知識分子在中國大陸鬼哭神號，險死還生的悲慘生涯。今年初（一九九三年一月），他的英著《一滴淚》由美國大西洋月刊出版社出版，捧讀全書，一字一淚，如此，又何止一滴淚？

我認識巫寧坤很早，一九八一年我們便已在北京見面，他是一個爽直活力充沛的人，交談之下中英文流利，時見自諷（尤其引用英文典故），卻又不失寬厚樂觀，那次在北京，記得我們還和卞之琳一起去走訪沈從文，由於他們兩位帶路，沈老門前貼的那張謝絕訪客視若無睹，我倒有點心惴惴然，不過那次讓我非常高興的是不止終能見到沈從文夫婦（他們和我之師門淵源千絲萬縷，一時難以解說清楚），並得獲沈老寫給我一幅書法，使我自後蓬蓽生輝，但是巫與沈家之熟絡令我留下深刻印象，但那時對巫認識並不太清楚，總以爲大家在京城是彼此熟稔的，翌年，我在南加州大學曾以美國魯斯基金會執行委員邀請他來美研究講學一年，他因爲同時獲取加州大學爾灣分校英文系邀請，捨南加大而取加大，也有道理，因爲加大爾灣分校由莫利・奇里加（Murray Krieger）教授領導的文學批評計畫，在西岸獨當一面，巫去加大是合理選擇，同時也不損我倆交往，因爲我每週末均去加大爾灣分校授拳，我們後來在美見面，還是我授拳完畢跑去加大宿舍找他的。

他和北京文壇也頗熟絡，搞西方文學的人，大概與現代作家分外有緣，所以我認識在京的幾位作家如馮至先生等人他都熟悉，後來我更知他是《了不起的蓋茨比》（臺灣另有《大哉蓋世比》及《大亨小傳》譯本），及《白求恩大夫傳記》的譯者，關於諾爾曼・白求恩的生平，如果大家將來能在臺灣看到大陸舊電影《白求恩大夫》便當清楚（那時楊再葆在影片內扮演的青年軍官可眞俊俏得認不出來），但這書後來在香港南粵出版社出版，卻沒有放譯者名字，不知是否海外翻版，抑是不同版本之翻譯，還需向巫氏求證。

現轉談《一滴淚》，我常覺得當今談文化建設，常缺乏有系統的歷史文化經驗整理，其實這種經驗整理，最好從報導（報告）文學入手，西方學界早有眞知灼見，從最早凌耿《天讎》，梁恆《革命之子》，周采芹《上海的女兒》到近年羅自平《霜葉紅於二月花》，張戎《鴻》及巫寧坤這本《一滴淚》，全是以英文專書在各大出版社出版，除美洲大陸外，更行銷大西洋和太平洋兩岸，這類書籍其實是歷史文化的最忠實見證及教材，可惜現今臺北的見證，多見於動態的電影、電視，靜態的文學媒介反被冷落湮沒沒聞，這也許是文化預算反思的時候了。

《一滴淚》不止是巫寧坤個人回憶錄，同時也是一個中國知識分子苦難見證，這本書讓人讀起來特別親切，因爲它是「人」的見證，包括種種人性的光輝與醜惡，更在切齒的恨裏有希望的愛，在愛的溫暖裏滿含無限挫折與絕望，讀《一滴淚》，不止見證巫本人過去四十年歷史，同時也是中國自一九五一年以來種種政治運動的縮影，我因爲以前讀過吳弘達對中國北方勞改營的報導，經過當年清河農場「五八六」分場的「饑餓洗禮」，有著免疫性的「免除震撼」，但讀到巫著內描述的那碗玉米冷粥，上面布滿千百隻灰黑死蚊，而仍把它們當作豐富營養蛋白質，大口大口把它吃下，心中不寒而慄。

種種苦難細節自是罄竹難書，讀完該書掩卷良久，有一種感觸在心頭，遲遲不敢讓它清晰顯像，更不想啟齒——那是對知識分子的觀感，而且非常傾向魯迅式演繹，那就是知識分子可以是最堅強的人，也是最軟弱的人，他最富有原則，也最容易動搖於原則，觀諸巫身邊種種的迫害者，信然！而文明不過是社會進化後產品表徵，它並不具任何的物質性，甚至，它有時成爲空洞定義，爲一批理論家或政治家私心操縱，甚至迫害，當「文明」倒退成爲兩個不具任何定義的文字時，人亦倒退成爲原始禽獸，爲求生而圖存，我曾經這樣寫過──「最恐怖的不是生命最終的死亡宣告，而是在生存掙扎中種種的人性挫敗，而在挫敗中更讓我們戰慄發現，原來所謂文明，只不過是衣冠加諸於禽獸，當我們輾轉掙扎於苟活人世的生存本能的，竟發覺與禽獸無異！這眞是唯物史觀的最大諷刺……」

一九九三年六月號的香港《明報》月刊有旅美老作家董鼎山寫的一篇〈他的眼淚，我的影子〉讀後感，董文中感嘆之餘更質疑自己，同是一代的留美學生，他留美，而巫回國，當時董的心情也在徬徨之中，而今日他慶幸自己當年的決定，但面對苦難的見證回憶，他又不免感到羞愧。

其實一九五一年，李政道在舊金山碼頭道別巫時，早已回答了巫問他不回去的問題，因爲不願被洗腦，二十八年後，巫在北京重見已獲諾貝爾的李，縈旋在巫腦海中的問題（見書三四一頁）應該是：如果當年我不回國會怎樣？

一九九三年十一月十八日

情歌辯

某君在某日報專欄寫了一篇〈情歌〉，痛陳臺灣當今喧騰氾濫的流行歌曲，而這些曲子大部分是情歌，據他的觀察，不論是耳熟能詳，隨口吟唱，或最新製作，都離不開男歡女愛，意亂情迷，相思纏綿，分手傷心，自怨自艾等種種內容，尤其是那種如泣如訴，如嘶如號的情調風格，更聯想到現今臺灣許多的外遇、婚變、高離婚率與未婚媽媽的時代反映，最後他的感嘆是——「可以自由唱情歌，也許不失爲一種幸福。但是，如若只有情歌可唱，那就是一種貧瘠與遺憾了。」

某君這番話，當是有感而發，因爲他指出甚至有位教育部長在某次晚會中，唱了一曲《不了情》，因而深切感到現今臺灣除了流行情歌，好像就沒有什麼歌唱了。

一個專欄作者，如果要談一種文化現象，他必須要對該現象有長遠觀察和完整了解，某君沒做好他的功課，他不懂臺灣流行歌曲，而強行以二分的辯證來對立了愛國歌曲與流行情歌，我無意也無可能在此爲文談流行歌曲的發展，也許水晶比我更有資格與興趣一談靡靡之音的老歌，也許今年電影年過後，我們可以期待一個歌曲年吧？

但是就內容與風格而言，還是可以一談的。中國是一個抒情民族，尤其就詩歌的發展言，情詩，或抒情詩可以說是在世界詩歌中一個最獨特而優秀的傳統，當年陳世驤與楊牧師徒倆，就曾在文學理論上鍥而不捨地建立了從《詩經》以降的抒情傳統，陳論「原興」，楊論《詩經·國風》的草木，以及在英文專著內談史詩與英雄主義中，都分別指出中國無論在文化與哲理方面，都與西方強調好戰的個人崇拜的英雄史詩不同，中國的流行歌曲，除了抗戰歌曲與校園民歌是兩大異數，其他絕大多數是某君所感嘆的貧瘠與遺憾的情歌，假如他知道鄧麗君大部分的情歌譜子，大都來自日本流行歌曲，他便更應該向羅大佑、李宗盛，或周治平等人敬禮，現在香港能自成一格的撰曲人盧冠廷、蔣志光等人也紛紛來臺了，應該會再放一異采的。另一方面，把流行曲當作社會反映，一方面有它的眞實性，但同樣有它的虛假性，星雲法師寫的玉琳國師改編拍成《再世情緣》，飽含警世惕人作用，但你能只說萬芳的《猜心》或《我記得你眼裏的依戀》就是相思纏綿的情歌嗎？當然《包青天》如許正氣凜然，令人難以聯想黃安男歡女愛的《新鴛鴦蝴蝶夢》。至於演唱風格，從八〇年代走入九〇年代的歌星，都已在努力建立他們的個人藝術風格，你能說趙傳的《我很醜，可是我很溫柔》如嘶如啼嗎?不止趙傳，其他如童安格、張鎬哲也如此。另外我們談到時代社會，常談到代溝，我們這些成年人實在需要另一種眼光與心情去聆聽林志穎、金城武或吳奇隆等人的歌。

如此，當另一部長高歌一首《其實你不懂我的心》，某君便不會爲情歌而大驚小怪了。

一九九三年十二月十八日

官僚莫擋書香路

——為「假日書市」把脈

隨著技術官僚對文化生活似懂非懂的方法宰制，我對當今臺灣健康文化生活型態還是悲觀的，這種「技術理性」宰制觀念，最明顯莫如韋伯與法蘭克福學派（尤其是馬庫色）對工業社會理性化與智識化的失望，由於我們相信科技的主導設計，社會種種先導的文化興趣，都在這種小資產階級興趣前提下被設計出來，成為主導興趣。馬庫色就曾以「非立體人」（One Dimensional Man，亦即指被宰制成片面的人）為書名，痛陳這種所謂理性與自由制度干涉之下，「所有其他天賦可能解放，便不再正確地表達出歷史的其他出路。」

我們可以用臺北的假日書市作為一項社會樣本，完美地反映出當今臺灣社會的文化性格。

一九九三年六月二十七日，臺北市新生南路旁辛亥高架橋下的新生假日書市正式揭幕，黃大洲市長在開幕式中說：當天早上他由假日花市經過七號公園再走到假日書市，令他感覺到臺北市已經一步步接近花香書香的大都市了。

但我們隨即發現，逛假日書市的感覺並不怎樣舒適，擁擠與悶熱在夏天的季節特別難受，再加風沙灰塵，以及搭蓋的布棚與橋梁接縫處偶有漏雨，都造成相當程度的困擾，這都是硬體問題。

跟著而來的軟體市場，卻是文化問題症候，表面看來書市人頭湧動，書香十足，但背後調查，國人讀書比例相當偏低。根據行政院主計處調查，臺灣地區十五歲以上民眾，有經常閱讀圖書雜誌之習慣者，一百人之中，只有十三・一九人。而從不閱讀者則高達五七・二三的百分比。由此可知，蓬勃的出版業與閱讀人口實在不成正比例，而在有限的閱讀消費額羣裏爭奪，自然成了資本主義最具挑戰的競爭，於是噱頭層出不窮，七月的「名人逛書市」，名律師、密宗大師、政教名人紛紛現身說法，八月的「漫畫大展」，九月的「折扣大戰」，全都是爲了市場利益的主導設計，與表現臺灣文化歷史社會現象可以說得是毫無關聯。打個不大雅觀的比喻，臺灣讀者有如農村家中後院的鷄羣，誰撒一把米，牠們就去那兒，假日書市就是一個大鷄場。

事實證明，據中華民國圖書發行協進會的成員朱玉昌指出，臺灣民眾選擇圖書的自主性愈來愈低，被強迫接受的書訊幾乎全是所謂暢銷書，他說：「暢銷書未必是好書，但是臺灣的圖書市場在利字當頭的考量下，一般書店展售圖書的基本原則就是這本書暢不暢銷，至於是不是好書則不考慮。」

當然暢銷書也有好書，譬如我的朋友黃春明、席慕蓉等便是，但是問題在於好書與讀者的接觸面，也就是場地展售的問題。

據報導，目前臺灣各出版社每年所出新書高達二萬種，而二萬種圖書，通常需要八十坪的展售場才能完全展出，而對大多數的書局而言，也只能有選擇性的把最新的部分出版品陳列，所以書籍也就有了所謂躺著、站著，或庫存暗無天日的種種待遇，假日書市特殊空間的出現，本來是可以紓解壓力的，但於今看來於事無補，還是市場掛帥。

於是又重新回到我們的老話題——一個如青春少女期待白馬王子出現的夢：中山學園特定專用區開發案。這個特區開發計畫自民國七十五年便開始規劃，七十八年在省市協調會報中研商確定，規劃範圍爲忠孝東路、忠孝東路五五三巷、東西向快速道路、光復南路所圍的十九頃土地，配合中央文化建設政策，規劃爲集文化、藝術、資訊展示、表演及研究等使用之中心。

其中預定開發時程分爲三期，第一期有中國民族音樂中心、藝術品流通中心、文化資產研究所、國史館、國家廣播電臺；第二期有資訊媒體綜合大樓、書香大樓；第三期有市民文化活動中心、市民藝術館等。

好不容易盼到今年八月，由市府各相關單位研討定案，進入都市計畫法定程序，到明年四月完成計畫變更作業，再成立中山學園開發委員會，積極進行開發事宜。

三期開發時程的藝術品流通中心、書香大樓，與市民文化活動中心均是息息相關，假日書市正是開拓先鋒部隊，五月渡瀘，深入不毛，如今雜病叢生，王業不偏安，主掌文化設計諸公，能不深思熟慮哉？

一九九三年十二月二十八日

附記：一九九四年六月假日書市正式取消營業，其存在爲期只有一年，年來政府文化單位汲汲於建設文化硬體，其實軟體的生態保護，才能相輔相成讓硬體生存，假日書市是一種痛心教訓，讓文化人不敢或忘。

張錯補記於一九九四年八月臺北

文學的正統與異端

——並悼關傑明教授

凡對臺灣現代詩有興趣，或對七〇年代鄉土文學有涉獵的人都會知道，在許多現代詩的爭論裏，都免不了提起兩位文壇異端，余光中更非常幽默風雅喻之爲詩壇五胡亂華——唐文標與關傑明，不知是詩壇的幸或不幸，他們都先後作古了，尤其關傑明剛於十一月底逝世在新加坡，哲人其萎，令人傷悲。

我以前曾就余英時先生對當今泛政治化蹂躪臺灣學術文化有所反應，現在試以狹義文化的文學演進再加申論，如果說當今的泛政治化是一種危機意識，則五〇年代開始的戰鬥文藝更是泛政治化的始作俑者了，到了六〇年代文壇，一方面爲了抗拒這種始作俑者而又無以爲繼的萎縮，另一方面又要塡塞三、四〇年代左翼現代文學傳統被禁的眞空，於是大量片面的引進西方戰後現代主義，成爲當時臺灣無以倫比的文學強勢潮流，這種潮流更配合當時政治形勢，除了抑制截斷日據以後臺籍作家以中文寫作的有限現實主義發展，更進一步把現代化演變成歐美化的極端趨勢。

關傑明就是以一個局外人的學者身分在一九七二年的《中國時報》〈人間〉副刊發表了兩篇文章——〈中國現代詩的困境〉與〈中國現代詩的幻境〉，指出臺灣現代詩高度西化而喪失它的中國性格，關文並非十全十美，因爲他對中國新詩的發展缺乏一種歷史透視，尤其對前面提到的國民政府播遷來臺種種泛政治干涉下的現象，更何況臺灣現代派一脈的紀弦和覃子豪，都是來自西方法國象徵主義影響，雖然當時所謂的「附匪」詩人詩集在臺被禁，但手抄本與翻印本正是方興未艾，所以臺灣現代詩的西化，雖然後來有人過度虛無而成怪胎，但經歷文化雜交以後，血液早非純種的龍的傳人了，這點有些相似關傑明當年在英國劍橋讀徐志摩詩而對徐的誤解一樣。

但是關的兩篇文章有似暮鼓晨鐘，敲醒了昏昏欲睡的臺灣詩人，原來他們苦苦經營自以爲傲的新詩，一旦被翻譯成英文，竟然被人誤會爲西洋詩！而一向鼓吹鄉土文學的唐文標更在旁敲鼓擂應，做成文壇一場正統與異端的大混戰，而今事過景遷，反思之餘，覺得文學實在是一個龐大社會文化機器下的副產品，也就是傅柯所謂的歷史「話語」。關傑明其實謙謙君子，他是英國劍橋大學的文學博士，專研艾略特，逝世前還是南洋理工大學教育學院的院長。

一九九四年一月九日

中央與邊陲

臺北某文學會議中，女性作家李昂提出了一個非常尖銳而具挑戰性的問題，她向在座的三位教授作家提問——「三位都是從大陸到臺灣，再到美國，什麼是你們的中心、什麼是邊緣？」

我覺得三位教授有點慌了手腳，李歐梵說自己反對「中心」，白先勇認爲中國人把政治當中心，所以文人自甘佇留在邊緣，鄭愁予則說整個中國文化是他認爲的中心。

教授們之言善則善矣，惟並未抓著問題要點（miss the point），李昂問題至明，如果我沒有誤解的話，她是在問：三位的背景來自中、臺、美，究竟要向那一種主體文化認同？如果問的是我，我一定爽快直截了當的回答：我的中心是中華民國臺灣，從那兒成長茁壯的，那兒就是我的母體。

可是如何去定義及定位中華民國臺灣，倒應該成爲以後文學或文化會議的課題，狹義的排除它的中國性或是廣義的以它的中國源流去沖散本土凝聚土壤，都徒陷入萬劫不復極端，尤其自帝國主義式微，殖民主義或後殖民主義的研究如雨後春筍，中心與邊緣，自然也成主要話題，其中對中心最激烈的解構或解體，當然要從薩伊（Edward Said）一九七八年怎樣自東方主義來解體西方中心話語說起。我們發覺，在西方文化霸權眼中的另一個東方，竟然充滿難以置信的荒謬錯誤，被稱爲史學家之父的紀元前五世紀希臘歷史學家希羅多德在他的《史論》裏就曾提到：

> 我以前提及的印度部落土著均像畜生一樣公開性交，他們膚色全像非洲的衣索匹亞人，他們的精液不像其他人一般白色，而是像他們皮膚一般黝黑……

由此可知中心話語之誤人，怪不得李歐梵反對中心，它有點像皇帝的新衣，誤解別人，從而也誤解自己，但是隨著殖民霸權的分解，不容否認，經過四十多年的滋長，中國現代文學與文化都有分裂趨向，其中更包括杜維明多年倡導的文化中國，把邊緣性結合成一個包圍以中國大陸爲中心的強勢邊緣主體，內裏當然也就包括了臺灣文學、香港文學，或帶有某種起閧性的所謂海外文學。

邊緣的抗議往往是強烈的，一九九三年美國加州大學的周蕾教授（Rey Chow）出版了一本《寫作流放：當代文化研究的調解戰術》（*Writing Diaspora: Tactics of Intervention in Contemporary Cultural Studies*），讀到她的姓氏英文拼音，就知她是廣東人，而且周教授早期出自香港大學，所有邊緣身分條件皆已具備，自然飽遭大中國沙文主義白眼，記得劉紹銘教授就曾仗義對此不平等待遇寫了一篇〈化外之民的江湖風險〉，但是周蕾的香港化外之民心態與委屈，卻可提供予臺灣讀者參考，她曾這般寫道：「那些從我記憶內保存下來的不是一項個人或集體犧牲歷史，而是對一種獨特流放現實的迫切感覺——那種對香港自第二次世界大戰後被夾禁在英國殖民與中共兩種強勢文化之間（張錯按：譯到這裏想起賴和『我生不幸爲俘囚』那句詩，以及李奭學對林瑞明《臺灣文學與時代精神》的書評），而這兩種強勢文化從未替香港人民福祉設想，但兩者均在需要時自香港取得財務上或其他方面的協助。這種邊緣地位，並非香港的自我抉擇，而是由歷史所構造，同時帶來某種旁觀者清的權利，以及心不甘、情不願地去理想化那些壓迫勢力。」（上書二十至二十一頁）

中央與邊陲，本來就是辯證兩面，有中央就有邊陲，相輔相成，小小臺灣，南北兩部文化也使人有主從之分，也讓人想起日本多年來京都與江戶（東京）文化之爭雄，如何在創作堅持與理論戰術中取得調解，這才是學者與作家們該好好思索的。

一九九四年一月十六日

文化的極端與異端

中研院舉行臨時評議會順利選出三位第七任院長候選人時，其中候選人之一的余英時院士曾在評議會上臨時發言，嚴厲指責國內學術泛政治化的傾向。

學術的泛政治化猶如文學的泛商業化，它是一種社會生態遞演的現象，尤其以中產階級日漸操縱現代社會最爲嚴重，余院士熟研韋伯，更曾專著研究中國近世宗教倫理與商人精神，當然知道文化與政治發展至近世，已經互相糾纏不可分割，當然余英時在《中時》的專訪內談的是本土與中國的對峙，並且強調臺灣文化不可能獨立，因爲它是中國文化特殊的一支，總根源還是從中國文化上發展出來的。

壯哉斯言！余英時能在今日本土洪流中逆航，追溯中國文化母體的航程中更奮力捍擊心懷異端的蛇蠍海怪，他的觀念是：政治是短暫的，學術則是永遠的，用政治掛帥寫出的學術作品只是短期的宣傳品，一旦失去時效，便會被世人拋棄，譬如大陸當年的研究。

基本上我同意余提出人文發展的危機意識，尤其是泛政治觀念普遍威脅與入侵學術，但以文化個性而言，我卻持有不太相同的看法，無疑，臺灣文化衍變自中華文化毫無疑問，但單面強調母體文化的附屬徒然增長中華文化在中國大陸的中原心態，而這類中原心態所顯現出張牙舞爪的大國沙文主義，正是當初薩伊最心恨的西方霸權擴張的帝國主義，不出十年，余教授在普林士頓或美國其他地區的學術會議上，定睹此一怪現象的橫行霸道，如此一來，當今泛政治化的本土意識，卻非常反諷地用作抵擋遏制這類氣燄的防阻（deterrent）力量。

雖說臺灣文化是中國文化的一支，但自一九四七年以來，這一支已旁生枝葉了，無論在廣義文化，到狹義的文學、藝術，都像雲門《薪傳》內那些離鄉背井的遊子，雖然血緣上依然無悔的歸祖列宗，但在成長過程裏，卻無疑在臺灣本土找到養料更多更甚於在中國大陸，在這一點上，固然是當年我們和中國大陸共產政權的反倫理、反傳統抗衡，但另一方面，我們更在五、六〇年代的文化眞空狀態中囫圇吞嚥所有西方頹廢與虛無的異端，有如鐘擺的兩極，以極端果斷的態度盪向西方，一直到七〇年代中期的鄉土文學運動以及《大學》、《夏潮》等雜誌爲首的民主覺醒，才盪回中國的另一個極端，因此我覺得，本土與中國，不止是文化體的大小分別，而是它本身的內涵孕育，如果本土擁有偉大的胸襟，它同樣可以成爲獨當一面的中華文化個體。

一九九四年一月二十九日

沒有情人的晚餐

情人節快來了，一如其他節日，它已經成爲都市文化表徵，許多來源意義日漸湮沒，隨而代替的是都市人爲它慶祝的文化義務，流向公式化的玫瑰鮮花或母親節的康乃馨，慢慢在集體潛意識下成爲一種圖騰，情人節的圖騰就是情人對方，或是去與他或她共進的晚餐。

可是，沒有情人，或是沒有情人的晚餐怎麼辦？文化快餐大廚謹以西方模式的「可爲與不可爲」(dos and don'ts)，速簡設計下列應付辦法，以供天下缺情人者參考：

一、千萬不要隻身孤影的舊地重遊，或是浪漫去夢想會有機會舊情復熾，這些都是八點檔電視連續劇的橋段，男主角或女主角在咖啡廳孤獨飲著咖啡，聽著沈鬱淒戚的藍調，或是在海濱與街頭漫步，然後對方驀然出現，相逢相擁有似夢中，其實不止似夢，簡直是在做夢！即使喝遍千杯咖啡，他或她也不會出現，消失了的永遠失去，一去的也不會回頭，無論在街頭或碼頭，即使夜雨連綿，備增詩意惆悵，後果亦不過是翌日胃病舊疾復發或另一場新鮮感冒。愼防。

二、前面提到獨聽藍調，那需要一種堅強主動的孤獨心情，是一種藝術選擇，沒有情人的晚餐沒有選擇，也不是孤獨，而是寂寞，被動的寂寞切忌聽悲傷的情歌，尤其是那種以被拋棄作爲主題的黎明的《深秋的黎明》或追悔莫及的張學友的《吻別》，那就眞是抽刀斷水水更流，傾耳聽歌愁更愁。

三、西方女性比較愛恨分明，也較果斷截切，這兒的「斷」與「切」，都內有深意焉，因爲有美國女性專家提議，在情人節那天無處發洩時，大可在家斬瓜切菜，手起刀落，或甚至用剪刀都可以，她建議，如果不欲惹官司，可用意大利香腸。東方女性比較柔婉纏綿（這當然是文化沙豬的話），可以藉這時間空檔作清潔運動，先從瑜伽或靜坐著手，把他拋諸腦後，然後收拾家務，把一切可以勾起回憶的禮物、紀念品、書報、相片都收拾處理，放在不顯眼處，而且更要眼明手快，妄心如鐵，不然眼高手低，撿這想那，陷入萬劫不復的回憶境界。

四、那麼沒有情人來晚餐的男人怎辦？本來這是比較不嚴重的問題，因爲仍是大多數男性統治的社會，雖然已邁入男權與父權紛紛解體，他仍然可以躲入他的陽物神話，自我陶醉與揚威，但是我們開始發覺問題似乎越來越嚴重，男人實在沒有那麼堅強去面對他們的感情幻滅，而經常以各類逃避方式作爲他們的出路，所以又有人建議，男人在情人節落單時，一方面可以追循老例，以英雄氣概「千嬌散盡還復來」的主動心理來調適，另一方面則可以玩玩數字遊戲讓自己「脫身」（rounding the corner），據云五年的感情需要兩年半才能平復，餘此類推，情人怨遙夜之際，可以用啤酒瓶數代替年分，五年加兩年半等於七瓶半，如果意猶未盡，可以把情人體重（公斤算）也加進去，保證酒解千愁。

五、如果這些可爲與不可爲都超脫不了，那就只好從幻滅著手，這是最後手段，情人夜應如平安夜、聖善夜。到天主堂、長老會、清眞寺、佛光山或慈濟，去聆聽世間滅寂之道，如果不喜合羣或出外，也可去買一盒巧克力（千萬不要買心形那種），到錄影帶店選一套玉琳國師之類的再世情緣影帶，或去書店買兩三本前世今生的書，慢慢獨個兒咀嚼一些前因後果、有緣無分、有分無緣等等，保證轉眼就已天亮。

一九九四年二月十四日

效忠的同心圓

——對小留學生的反思並論在美籌建的臺北學校

民國八十二年十二月二日立院外交、內政委員會聯席會議中，外交部、內政部暨僑務委員會等部會有關單位，曾針對芝加哥僑選立委江偉平等十四位立委連署提案要求外交部、內政部及僑委會就「小留學生問題」作報告說明，並提出解決對策，當天共有魏鏞、呂秀蓮、江偉平、蕭金蘭、徐中雄等三十餘位立委發言。

除了重視、會商、企圖改善小留學生問題以外，一項如火如荼的建校計畫（據說還是一部分洛杉磯海外僑務委員提出的），正在討論如何在海外國人聚居最多的城市建立所謂美國的臺北學校，驟眼看來，好像美國人在臺灣可以有美國學校，臺灣人也可以在美國有臺北學校，尤其在洛杉磯，據報導謂校址都找好了，那是原本用作西來大學校址的一所空置的美國中學。而據負責海外僑教的僑務委員會副委員長張植珊表示，目前僑委會正積極規劃籌設雙語制「臺北學校」，他指出，「臺北學校」和為協助前往東南亞地區投資臺商子女而設的「臺商子弟學校」不同；因為政府希望能設立一種完全合乎當地學制並得到當地政府承認的學校，採用當地語言和中文的雙語制教學，使學生畢業後可以直接升入當地高一級的學校。

聽到以上一番話，直覺上感到政府照顧僑民的政策無微不至，但細思之下卻不禁為之汗流浹背。小留學生本來就是非法移民的後遺症，常常造成當地學校的困擾，本來未讀《論語》的美國人也一樣在力行有教無類的理想，但小留學生的非法身分眞是教又不是（浪費美國納稅人的錢），不教也不是（會形成社會問題），中華民國不去在國內改善解決青少年出外留學的方法，反而本末倒置的去花臺灣納稅人的錢來解決處理這種非法留學惡果，如此一來，如果臺北學校辦得越有聲有色，豈不是變相鼓勵非法居留的小留學生越來越多？

所謂採用當地語言和中文雙語制教學，看似堂皇，實則矛盾，小留學生滯美所留為何？當然是貪圖美國的教育制度（逃避臺北惡性升學制度）而付出寄人籬下的代價，說得不好聽，他們，或是他們的家長，就是要他們說英語，做美國人（也許不是百分之百），如今所謂雙語制，自無第一第二語言之分，非驢非馬，徒誤小留學生的英語進修。

如果在雙語文化下設置課程也是一項大挑戰，在外的一批僑務委員，看樹不見林，以為用中文當第二外語就等於美國高中的法、德及西班牙文一樣，殊不知語言乃是文化的表徵，如何在人家的國家呈現亞裔母體文化，才是僑委員編纂中文課本的當務之急，一廂情願把自己國家的文化搬去別人的國家用，不但喧賓奪主，更誤人子弟。

更重要的是，教育不僅是智識傳授，同時更是文化環境陶冶，所謂近朱者赤，如何的文化背景就產生如何的文化人，如果臺北學校僅只爲小留學生而設，那麼他們四週皆是臺北人，又如何能在這環境中培育出與美國文化共化的年輕人。再退一步，如果臺北學校以美式教育爲主，那麼美國私立貴族中學到處都是，又何用花如此大力氣另起爐灶？當然，臺灣錢腳淹目，經費有了，硬體校舍也有了，但並不等於軟體的師資、教學與管理就解決了，看看捷運木柵線便心裏有數。

新加坡的李光耀曾就一個多元種族社會裏，各族羣的效忠對象問題，發表了他的「效忠的同心圓」看法，他認爲東南亞海外華人之間雖然關係密切，但他們各自還是效忠入籍國，而且要使自己的國家繁榮進步。從這番話由此類推，見賢思齊，小留學生在美非法居民的本意，以及將來他們長大後的選擇，我們便應該心中有數了。

一九九四年三月六日

外國人看也能通

——文化輸出的異數與變數

一九九二年國府的六年國建計畫中，終於在文化建設中增加了「中書外譯」一項，這項由文建會主導的文化任務，其實早在一九九一年便在文建會出版的「文化資產叢書」系列演變中看出端倪，這套以彩色印刷的中文叢書，是目前惟一將各種傳統文化藝術作濃縮處理，而以薄册出版，屬於在官方出版書籍中比較受歡迎的普及本，自一九八三年六月策劃印行第一本的《民俗藝術的維護》開始，已出版了四十六本書，再加上當時在編撰的另外六本，應該已達五十二本的總數了。

這套叢書的最初用意，據負責策劃編印的文建會一處吳淑英在三年前的一篇報導中表示，自一九八二年開始規劃印製，原先只抱持著製作一套濃縮各種傳統文化藝文薄册的政府出版品，供政策宣導、政府宣傳之用。因此，製作品質要求極高，每本字數不超出一萬六千字，而彩色圖片卻有一百二十幅之多，全部彩色套印，內容更強調學術、通俗並重，委託聯經出版社經銷代理，在臺北上市，頗受一般民眾歡迎。

而這套叢書的外文版，亦早在一九八九年開始策劃，據文建會一處處長劉立民在一九九一年指出，已出版有英文版兩種，法文版五種，另在進行的還有二十九本英文版已委託國立編輯館翻譯中，另洽英語系國家的出版社出版；法文版五本委託法國巴黎東方語文學院班文千教授主持翻譯；德文版及荷蘭文版亦各有十本及二十本洽譯中。

根據這些已出版的外文版叢書內容，大致可含禮俗制度、民間技藝，及文化傳播等等，對文化輸出功能而言，可以在提升面上儘量做到精緻文化的藝術層次，是十分成功與值得肯定的，尤其近年來國內文化機構功能重疊，彼此疊床架屋，三個和尚挑水的現象日益嚴重，文建會把豐富的傳統文化濃縮成精簡的薄册，再進而譯述來輸出文化，是值得喝采的異數。

異數之餘，則是冷靜思考常數的運作了，目前最大的瓶頸，就是如何去商洽當地語文版的出版社出版，性好文化藝術的法國人可能也是另一個異數，所以在巴黎上市的五本譯書曾創下不錯的銷售量，但在其他歐美國家卻並未如此美滿，這些都不是文建會以國內一個文化單位可以獨力完成的，尤其更應配合在外的學術機構及學人，進入當地國的主流文化階層，都是「中書外譯」運作功能的急務。

一九九四年四月二日

文化錢櫃

——「中書外譯」的另一迷思

行政院文化建設委員會中書外譯作業要點共分七項，包括其中「第三項」的聘請學者專家組成「中書外譯諮詢小組」協助審查翻譯計畫，及推薦人選，每年研議推薦五本優秀文學作品，並委託專人翻譯。「第四項」的補助對象，包括成名專家、知名專家，及已具相當程度之研究生等。「第六項」的翻譯完成之作品，須在國外出版。「第七項」的凡申請中書外譯經費補助者，須塡具中書外譯申請表及附件，未依規定塡送者，得不予受理。

上面七項作業要點內的小小四項，看似簡單，實施起來，卻是緊箍咒的四字眞言，把有志作翻譯的申請人折騰得死去活來。

先從最後一點「第七項」說起，所謂塡具申請表及附件，也是內有文章，因爲如要申請補助，「附件」又另要求含列下面的㈠翻譯計畫，㈡全案所須經費等等，㈢譯者履歷，㈣至少五頁之試譯章節（以能代表該計畫之重要性及翻譯難度之章節爲主，並檢附該試譯章節之原文影本），㈤國外出版社同意出版該譯作之函件合約，㈥相關原著作人授權翻譯並出版之文件。

上面六點，驟眼看來也是合情合理，實施起來，才知道是外行人領導內行人，而最可悲的是，補助與否的生死大權卻操在外行人手裏，試看第五點，一個申請人，如果已獲取國外出版社的出版合約，還申請什麼補助？就以美國各大出版社或大學出版社爲例，如果沒有完成的翻譯稿件，休想獲取一紙合同！文建會一方面在第二點內要求申請人舉列全案所須經費、申請補助金額，及預定完成進度，另一方面又需要出版社合約的保證，根本就是自相矛盾，如此作業，徒足滋益另一些既已完成作品，又獲有出版合同的錦上添花翻譯者，這種悲情，應了兩句詩：「朱門酒肉臭，路有凍死骨。」

第四點的五頁試譯，本來也無可厚非，付了錢，貨當然要符合樣本，寫到這裏，想起英人亞瑟・韋理（Arthur Waley），這個一生在大英博物館工作而又畢生奉獻於中國及日本文學的翻譯大家，如果把《西遊記》的五頁試譯呈檢給文建會的學者專家，一定也被批得體無完膚，因爲他老人家把「赤腳大仙」竟錯譯爲「紅腳大仙」了；韋理的日本「源氏」翻譯也不見得極端準確，可是話說回來，他的翻譯在西方文學世界影響又是如何的悠久深遠！西方詩人知道白居易，盡皆韋理之功！如此又如何能從五頁試譯中定奪於譯者功力與譯本內涵？既然是權威主義作祟，審查的學者專家是否看到是韋理（或胡適替《西遊記》簡本寫的前言），或龐德，就自動以成名專家或知名專家處理？其實，成名與知名的界線究竟在那兒？

如果有健全的檢查制度，是健康趨向，因爲它不但負起一種保安措施，並且保證品質，但萬一制度不健全，便成爲雙刃之劍，既可傷人，又可傷己，兩敗俱傷，除了對別人吹毛求疵，對國家也一無貢獻。

目前文建會中書外譯的方針，已轉向補助一些國外準備出版臺灣現代文學的西方出版社，不想再委託專人翻譯，如此一來，原本一個充滿朝氣理想的文化機構，搖身一變爲腰纏千萬的錢莊或錢櫃，那就談不上什麼中書外譯的文化政策了。

一九九四年四月二十三日

功利的衝動

——談「中書外譯」措施之種種

每當我們將輸出觀念應用在文學或文化上時，便自動把自己套入一種辯證邏輯的圈套，因爲輸出不僅是商品主義，同時也是資本主義運作的「需求——供給」觀念，那是以消費者作爲攻擊對象的戰術策略，利用不同媒體、管道、手段去刺激消費對象，使購入者產生強烈需求，而輸出者大量供給。

在文學或文化外譯輸出方面，就像日前某報的讀書版報導一樣——「每年在諾貝爾文學獎公布之後，總有很多文壇聲音呼籲有關當局，應該加強文學作品的外譯，讓外國也能知道臺灣文學發展的現狀，也因此文建會於前年（一九九二年）起在六年國建計畫中的文化建設項目裏，增加一項是中書外譯，目的也就是希望將好的文學書籍，向外推廣。」也就成爲另一種的辯證商品主義。

上面這番話有兩點值得注意討論，那是第一句內的「諾貝爾公布後心態」，看到別人得獎，自己沒有，馬上進入二級國奮發圖強心理，好像惟有得獎（有點像世界小姐選美），別人把皇冠加冕在自己頭上，自己才感到是九五之尊或豔壓羣芳，殊不知這種東方奴隸心態，不只加強西方霸權閹割，更變本加厲培植另一大批買辦奴才，挾洋自重，以西凌中，什麼時候我們才會明白，加強文學作品外譯，不是「讓對方也能知道」，而是對方應該知道，有義務知道，所以有責任去追求知道。

可惜得很，奴隸與買辦仍然非常的多，進一步促成了非常強勢可怕的「衙門主義」（bureaucraticism），不想譯為官僚主義，因為也有對人文學科十分同情的淸白官僚；那是另一種可怕的公文制度，先不談制度合不合理，碰到的已是一副冷冰的撲克臉孔。

另一點就是如何將所謂「好」的文學書籍向外推廣？好處如何界定？譯者當然強調肯定，可是高高在上的主管知道嗎？他底下的諮詢小組知道嗎？文學書籍的「好」，究竟是指本體的好，還是配合文化政策需要的好？這點非常重要，因為據報導，中書外譯諮詢小組的工作將以建議若干優先贊助國內外出版社翻譯出版的現代優秀文學參考名單，但是最令人擔憂的是，據云有很多人反映古典名著在以前就有很多外文的版本，如今再加強，並未能發揮多少功效，所以新的辦法中，將以臺灣現代文學作品為主，中國古典文學名著除非是推薦作品，否則不予補助。

以上辨法和見解除了匪夷所思以外，「功效」兩字卻可圈可點，究竟我們要發揮的是什麼「功效」？而目前並未能發揮有多少？是去拿諾貝爾的「功效」嗎？如果爲這功效而翻譯現代優秀文學作品，那實在太屈辱已被翻譯的當代臺灣文學作家了。

我不想重提當年國內官方機構提供翻譯中國文學古典作品書單的笑話（因爲缺乏全盤規劃及資訊，劉紹銘曾爲文討論過），但我知道值得翻譯的古典名著仍非常非常的多，而且功效也非常非常的大，希望文建會主管與諮詢成員愼重思之。

林毓生教授在論及「中國人文的重建」曾指出，五四運動的契機可以說是中國封建權威主義的全盤崩潰，可是我們在接受西方文化之餘，又有多少人能領會它的精微？同樣，又有多少西方的中國通在介紹中國文化時，能切身領會中華文化所蘊含的苦難過程與精微？而由「五四」引起的崇洋，或「全盤西化」的謬論，其實是一個功利的衝動，而不是人文的衝動。

觀諸現今中書外譯措施種種，又何嘗不是一種功利的衝動？

一九九四年七月九日

從新年水餃到前鋒指標

——海外同學會的功能

無可置疑，四十多年來中華民國臺灣留學生的外流與回流，已形成一項文化性顯著的歷史話語，至少，以量而言，大批留學生在美洲潮汐般的湧退，都有異於上一代精英式的官費出洋留學生。

以質而言，它更未因量的增長而做成質的減退，至少，在美洲大陸，留學生現象代表著一種時代遞替，雖然嚴肅而言，並不算得上是世代替換，五〇年代湧現在美洲大陸的留學生，並不是每一個都是容閎或詹天佑的縮影，但從他們在學時勤工奮學，到學成後樂業安家，甚至匯流入美國社會，揮發少數民族功能，在在顯示海外中國人承前啟後的優良傳統。

而最顯著的是，從這一代開始的留學生，與隨後發展爲同學會的運作，已讓海外中國人在美洲大陸換上新面孔，他們再也不是清末民初隨著加州礦脈蜿蜒爬行打拚的華人礦工，或是婉轉委屈在橫貫東西鐵路伸入美國西部或中西部生根的雜碎餐館老闆。

留學生開始成長爲新一代的智識分子，他們求學或學成後附屬的同學會，多多少少帶著象徵性的新舊交替或分野，取代了「中國城」與「會館」的部分功能。

事過境遷，每當我們回顧歷史性的留學生事件及同學會功能，須彌大者如釣魚臺運動，芥子小者如留學生包機返國，並未有太大的移情作用，相反，白了一批少年頭，又湧入另一批黑髮才俊，歷史的急促循環，以及此起彼伏的歷史事件，都使我們目眩神馳，而無暇兼顧。

四十多年來多少留學生在同學會的名目下爲祖國付出的血汗和血淚，這是一項巨大的斷層，也是海外我們曾經一起走過多少的從前與現在之後，應該要檢討整理的了。

猶似華工之第二代或第三代，留學生與同學會也有著很大的轉化，至少我們可以從比較顯著的現象看到，留學生從當年的舉目無親到現今的遍地鄉親，同學會的功能從新年水餃聚會到今天泛政治問題的集會討論，更由於近年外流回流的均衡——後者更有超於前者的趨勢，都使我們警覺到留學生或同學會都是一個不斷成長的有機體，更是海外文化推動的一項前鋒指標。

所以當我們爲留學生與同學會重新定位時，我們的目標一定是多重性的，隨著新僑的湧入，舊僑的自我檢討與調整，僑社面臨了也許是一項巨大變數的對立或融合，同學會作爲與留學生密切橋梁的功能也就顯得更密切而舉足輕重，海外的中國同學會就像現今宣揚的海外中國文化一樣，它絕對不是無根而四處漂泊，相反，它的組織與功能與國內氣息脈搏絲絲入扣，由於它的海外身分，它更能旁觀者淸地負起一分智識分子良心的監督作用，更由於邁入二十一世紀的通訊管道發達，在美洲各大學府彼此因聯絡通訊網（譬如「電子郵件」）而使團結的行動更形密切一致。

一九九四年七月十六日

名校神話幻滅了

邁入二十世紀的九〇年代，亞洲國家無論在社會、經濟、文化、政治急促的轉動與改變中，許多對峙現象日漸消失，尤其在西方文明衝擊之下，更能在西化之餘，自我檢討外來與傳統文化的取捨，而不再被西方文明高姿態任意宰割，進而趨向和解性融合，不止文化現象如此，教育現象亦如是。

我們再將焦點投射在大專教育領域，則不難發覺，從前的許多名校排名，不過是英雄偶像崇拜心理，當然，名校之爲名校，自有它本身優越的評估特色，甚至嚴格的金字塔式入學標準；但最讓人困惑的是，莘莘學子之竭力躋身名校，許多時候並非因該校某類院系或某項科目的特殊性或適合性，而只是因爲它代表著校名輝煌的傳統或表徵，猶似到西天取經而回的肉身菩薩，雖然十年寒窗，無怨無悔，但最堪足告慰的仍是頂在頭上的光環，內耀著哈佛人或耶魯人的光輝。

但由於亞洲國家教育日漸發達普及，思想更呈多面發展，專上學府的雙雄對峙，或三國鼎立的現象已日趨黯淡，就以臺、港、中而言，所謂名校，就不能單以臺大或師大，港大或中大，北大或清華來概括，換言之，在高度發展的教育趨勢裏，我們看到的是一個日趨平衡的現象，除了所謂重點學校規模較大，或教師質素強盛，學生人數眾多以外，我們還看到其他大專院校各類研究紛紛的崛起，無論師資與學生潛質，以及日後校友在社會成就，都不遜早年鶴立鷄羣的名校，甚至在某些特定領域，更有後來居上趨勢。

這無疑是一個可喜現象，在均勢平衡裏，紓解了令人厭惡的升學競爭與壓力，大學教育本是青年心智成長與成熟的樂園，它不應是升學戰爭後殘餘的戰場，每一個青年都有權利去選擇喜歡的大學與學科，容或他們必須自我奮鬥去符合那些大學與學科的入學標準，但值得肯定的是——他們不但擁有權利，同時亦需充分擁有選擇的空間。

什麼是選擇的空間呢？在普遍中國式金字塔的升學制度裏，如果每人的第一志願都受名校迷思的操縱，進而形成僧多粥少的惡性競爭，則除了有限的幾所大學以外，選擇的空間實在非常狹小，但假如名校神話幻滅，而我們又有足够的選擇空間去挑選更多的學校與學科領域，那無疑又是另一片廣泛的天空，一種更遼闊的視野。

一九九四年八月十三日

混血與純種文化

最近讀到一些有關「臺灣學」的論述，以及陳芳明先生一篇〈兩岸文化交流的虛相與實相〉，對於目前臺灣亟於建立的文化主體性有不少的啟發與沈思，遂就其犖犖大者訴說對本土文化建設的關懷。

目前臺灣本土文化建立過程中最大的負擔在於它與中國文化強烈的對抗性與排斥性，像一個孩童，無論被撫養自他的親生父母或養父養母，在尚未學會書寫自己的姓氏以前，就先要辨清在科學下，或醫學下、理性下辯證出來自己的ＤＮＡ，好像惟有如此的血液鑑證，才可理直氣壯的長大成人。

殊不知在文化成長過程裏，恰好與準確的科學或醫學一絲不苟的鑑證相反，文化的優生學裏，沒有純種，相反，它要求的卻是極大的混血雜生（hybridity）。這種現象即使在遺傳學裏，也經常產生純種的反常現象，譬如豢養德國狼犬而言，所謂家系族譜（pedigree）是非常重要的，黃春明寫的〈我愛瑪莉〉就是諷嘲純種主義的後遺症，但即使這樣，一隻狼犬如果族譜太「純」，經常也會產生反效果，也許就像天才一樣，聰明得太過分了，和自己的社會與生活環境脫節，看起來倒像怪怪獃獃的。

其實兩岸文化即使有著長達四十多年的矛盾與對抗，但到底在族系家譜上已雜交了如斯之久，千絲萬縷，我們又何必要強調獨立的自主性，統一與解體，島國與大陸的分歧？它其實像前述的孩童，身體髮膚，皆已生有，最大的抱負，不應該還在斤斤計較於姓中或姓臺，他成長的過程以及人格性格方面的完成，才是亟於執行的急務。

就以歷史年齡而言，臺灣當然可以追溯至荷屬時期的文化傳統，但眞正勉強說得上能當家作主，隨心所欲的文化，還是光復以後的時期，才顯示出較爲明顯的脈絡去尋找主題的正反兩面（黑格爾式的辯證），這樣一來，倒有點像操之過急，亟欲成人的幼齒了。

就以臺灣現代文學發展近四十餘年而言，卻相當突顯出它的主體性及與中國大陸現代文學的分歧性，這是人所共知的課題，但問題癥結不在於如何斤斤計較於異於中國大陸的身分，而是如何敦厚的在前人蓽路藍縷之下繼承歷史文化的使命，去綜合、包涵、吸收，並且以一種高貴的情操去肯定（而不是扼殺）當初播遷來臺的日子，很快地，美國建國才兩百餘年，它的文化獨特性格已雄睨天下，因此，我們對中華民國臺灣的文化定義便更爲了然於胸了。

一九九四年八月六日

狼的絶路

早年紀弦曾有名詩曰〈狼的獨步〉，好像是詩人自己寫照——「我乃曠野裏獨來獨往的一匹狼。不是先知，沒有半個字的嘆息。而恒以數聲淒厲已極之長嗥，搖撼彼空無一物之天地」，雖然落了單的狼也可以獨來獨往，但狼羣的天性，卻是非常社羣性，甚至有一程度的共享性（communal），我曾查閱瀕於絶種的北美洲蒼狼，它們的凶殘，不止是四、五十條狼漫遊於草原林間，而是這種合羣力增強牠們的攻擊力量，日間出擊，夜間棲息，一旦食糧短缺，可以不顧一切去擄食人類飼養牲口，因爲如此，美國漁獵處特別有意捕殺蒼狼，以致面臨瀕於絶種命運。

合羣的狼，以及牠望月而嗥的英姿，或者在雪地上奔走，常讓人想起楊牧寫的另一首〈狼〉詩，他不斷呼喚那「久違的族類」以及聽到「族類的聲音傳來」，然後，意境非常豔麗的是那在詩裏不斷重複的——「壯麗的，婉約的，立著／一匹雪白的狼」。

雪白的狼令人聯想不止是美國東北的佛蒙特州（Vermont）或西北的華盛頓州，甚至跨越加拿大的阿拉斯加州，尤其這兩年來在阿拉斯加州對狼羣的殘殺，已引起環保人士極大公憤，因爲捕殺狼羣的原因，不是因爲牠們的公害，而是州內獵人爲了要保護鹿羣以供狩獵之用，必須殺掉捕食鹿羣的豺狼。

這種措施的確是一種弔詭，人類爲了狩獵遊戲，居然荒謬去保護另一種獵物，而殘殺另一種動物，從而達到他們的狩獵目的，一九九四年一月初，一星期內的阿拉斯加冰天雪地野林裏，就有六十五隻被設下的陷阱網羅扼殺而死的狼，有些尚未窒息，亦被搜查漁獵人員前來加以射殺。

州政府準備捕殺一百至一百五十隻狼，大概是百分之八十總和狼羣漫遊於北部的山林，他們認爲最近鹿羣減種，從一萬零七百隻，減降至四千多隻，完全是因爲狼羣的蹂躪，其實自一九九一年開始，州政府已開始有禁獵鹿羣的禁制令，每年冬末春初摩拳擦掌的獵人們更加相信，鹿羣稀少，完全因爲狼羣、熊羣，以及冷峻的嚴冬。

環保人士則抗議，那簡直胡言八道，鹿羣稀少，完全與蹂躪者（predators）無關。我們甚至可以在以上的爭議看出，鹿羣捕殺，狼羣捕殺，完全是人類統治萬物的罪惡。

人不是神，他沒有權力去決定或處置其他生物的生死，但人偏偏喜歡當神，並執行神的權力去設計人類遊戲，阿拉斯加獵人的遊戲，就是狼的絕路，環保學者，或科學家們都相信目前這種動恆殘殺數十狼羣的陷阱網羅，已經嚴重影響到狼的族羣生存率，如果以狩獵方式去射殺狼羣其中的幾隻，對狼傷害的程度會比「滅族」性的陷阱輕微得多，當一頭孤獨的狼一旦發覺其他同類陷於網羅而滅絕時，牠的「羣性」隨即消失，牠再也不是「狼」，沒有牠的同類、同伴，或同袍，牠無法爲自己定位。

人類最可怕的罪惡，就是爲了一己私欲，而剝削其他生物平等共存的生態，而我們美其名曰：文明。

一九九四年八月二十日

馬肉叉燒包

一九九三年由黃秋生主演的港片《八仙飯店之人肉叉燒包》轟動一時，觀眾在欣賞黃影帝維妙維肖的精神病患角色造型以外，還特別爲港人最普遍的茶樓點心——叉燒包，增加不少茶餘笑料與遊戲。的確，人肉包子雖然早在宋朝《水滸傳》內出現在無數黑店（甚至張曼玉主演《新龍門客棧》內的黑店老闆娘也令人印象深刻），但那不過是古代或古裝電影罷了。

但是令人驚訝的是在二十世紀末的今天，由於日本與歐洲（尤其法國）食客的品味，馬肉已成爲美國於一九九三年出口數量鉅大的肉類，一年之內，美國輸出馬肉高達一億二千八百萬美元，總共有二十四餘萬馬匹被合法屠宰。據聞不止馬肉分割成之馬排（讀者注意，不是牛排）爲人間美味，而馬匹全身無不用之處，庖丁除了宰馬取肉以外，還可以將馬骨賣給肥料公司，馬皮做皮革，賸餘碎肉做貓狗罐頭。

馬之用途至此不可謂不大焉，包括所有良馬、劣馬，在資本主義殘酷現實的美國，能夠賺錢的馬才是好馬，賠本的馬便在優勝劣敗的原則下被淘汰。的確，馬槽費用越來越昂貴，牧場收取配種牡馬費用是每夜六美元至十六美元，受傷馬匹需特別照料，亦需八美元或以上的費用，普通比賽筋骨受傷需要半年休養的馬匹費用是每匹高達四千多元，而且更不能保證牠癒後能夠復出，爲主人重奪錦標，江山歷代馬匹出，每年擠入比賽的純種馬如天上繁星，花錢去養一匹新馬，或是去療養一匹舊馬，取捨之間馬主們心知肚明。

可是美國又是一個自詡文明的國家，如要人道毀滅一匹馬不止勞民傷財，同時更會蒙上「謀殺者」陰影，如此自欺欺人的心理下，最好莫如像鷄商或豬肉商們把動物賣給屠宰場，好像如此，手上便無血腥。

但是馬匹被屠牽涉到另一種文化現象，夫子云聞其聲而不忍食其肉固然是人性關懷，但三月不知肉味也是人性弱點，在經濟學需求與供給前提下，一匹肉厚骨細的純種馬賣給屠宰場的價錢是一磅一塊美元，每匹重量達九百至一千三百磅的純種馬而言，花費數百美元去人道毀滅或賺入一千多元的取捨，馬主當然取後者而棄前者。

但是他們忘記了，也許那些錦標仍然高懸在客廳供客人欣賞及談論，至少，誰也不會詢問那些馬匹下場，因爲照片內的馬匹雄姿英昂，這才是不朽英雄形象，至少牠如何埋骨沙場，或飽人肚腹，誰會去理會和殺風景地苦苦追問英雄的末路？如此一來，可能吃馬的人每一口馬肉都有一個故事，可能這一口來自曾在南加州比賽四年，獲取錦標獎金（不是賭注）高達十四萬元的「驕傲伯爵」，另一口肉來自「醇酒女郎」，牠爲主人贏取了十萬四千多元的錦標獎金後，因屢次犯規無法出賽，只好得到屠宰下場。

《三國演義》的第三十四回，劉備起身如廁，因見已髀肉復生，不覺潸然淚下，劉表怪而問之，玄德畏歎曰：

「備往常身不離鞍，髀肉皆散；今久不騎，髀裏肉生。日月蹉跎，老將至矣，而功業不建，是以悲耳！」

人類可以因爲老之將至而悲哀他功業之未就，他甚少顧及爲他立下汗馬功勞、忠心耿耿的馬匹，在人類統治下的社會，老去的動物連悲哀的權利也沒有。

一九九四年八月二十七日

輯二　文苑午茶

輯三　文敲五本

文學不死，但卻凋零

出版界的孤臣孽子

最近剛閱畢年輕詩人李渡予自印出版的第一本詩集《感官》，感觸良深，李渡予雖然不是經常出現在報刊的詩人，但這幾年來在各大報的文學獎裏卻嶄露頭角，出入百萬軍中，寫了許多首潛質豐厚，才華披露的系列長詩，可是詩人在出版界的地位有如孤臣孽子，既沒有一個詩國領域可以定居置產，更沒有龐大的選民讀者作他雄才偉略的後盾，最後，《感官》一書印數一百本，以手裝藝術品的形態出現，紙張選用一種法國的「冷鹿花」手造紙印製，糅合植物草本在紙張裏，在洛杉磯蒙特利公園的一所「感官工廠」出版。

跟著我又閱到吳潛誠給《感官》一書寫的書評（《聯合文學》第八卷第十一期），吳教授在書評前引了兩位中西名家的話，一位是英國堪稱當代文藝之父而封爵的哈爾伯‧里德

（Herbert Read），引文取自《現代詩式》一書，是這樣說的：「大小詩人的差別在於成功地寫一首長詩的能力。我想不出有任何一位人家敢大膽以『大』字稱呼的詩人，其作品悉數係短篇所組成。」

另一段引文出自朱光潛，他說：「中國恰是一個沒有荷馬和悲劇三傑的希臘，杜甫恰是一位只做過十四行體詩的莎士比亞。長篇詩的不發達對於中國文學不能說不是一個大缺陷。」書評者苦心孤詣的引用上面的話，用意不外乎兩個，一是突出詩人在詩集裏的藉長篇大幅以表現繁複主題的恢宏企圖，另一則是在文學藝術的領域裏，篇幅空間的開拓，無疑能邁進更偉大而廣闊的主題開拓。

無論吳潛誠如何期待，或是李渡予能否做到，這些都是無可置疑的，但是他們兩人可能同時感覺到，問題不是詩該怎樣寫，而是，詩如何能藉媒體呈現於大眾面前？時至今日，除了極有限極有限的一個半個期刊或週刊，長詩已無任何的生存空間，它像一隻龐大而笨拙的遠古恐龍，正為它那尾大不掉的身軀而發慌，本來既是恐龍，龐大自是它的天賦，可是生存空間又如此窄小，怪不得此類生物一一餓斃而絕種了。

深層的文化問題

但我們環顧一下週圍如小說與散文的生態，卻旺盛蓬勃，從東方白的《浪淘沙》到李永平的《海東青》，以至最近七大册普魯斯特的《追憶似水年華》，我們不能說它們的出現乃是廣大讀者的癖好與需求，因爲我們寧可相信，那是有心人對文學藝術推廣的一種造勢。

詩爲什麼被冷落，那是市場消費專家的課題。但文學創作的變形，卻牽引出文化更深一層的問題，南方朔曾經從另一角度來探討，在〈學術廟堂與創作荒野〉一文（《中時晚報》〈時代文學週刊〉一二四期）內，他首先舉出西方許多學者教授，如艾柯、雷蒙威廉士，及伊格頓等人（他忘記了還有耶魯大學的歷史學家史景遷），不但理論成爲學派，同時也踴躍於小說等文學創作。另一方面，西方作家詩人也都被學院歡迎進入大學擔任教授，南方朔指出，這是西方文學機制之一，在於學術與創作的互動，而後果則不會讓理論與實踐脫節，形成一種「連續光譜而存在」的狀態，這種互動性的生存，從而就保證了從前衛到通俗文化高度的品質，這樣的社會裏，「小說不會死亡，詩也不會死亡」。

跟著的一段話，也是讓人深思的──「演變到今天，臺灣的文學機制一如臺灣的政治兩極化，一極是理論過剩的學院……另一極則是宛若野外求生般存活的創作者，除了極少數找到棲身之處而仍能繼續寫作外，臺灣的文學就只能靠那些不知人間疾苦的大學生或研究生充場面，而更多人則只好寫些『罐頭小說』打混。臺灣是個缺乏了『自我完足』的文學機制的社會，這樣的社會當然無法產生本身的文學判斷標準，有外國文憑者才能在大學講授文學，大學教授寫小說和詩會被認爲學術上沒有前途，創作成了丟臉的事，但若是個工程師或醫師而搞些額外的創作則又會被認爲是有氣質……」

寫作人的悲吟

不但詩被冷落，嚴肅的文藝創作被冷落，寫作人也被冷落，《代馬輸卒》的張拓蕪最近在〈中副〉發表的一篇〈悲吟寫作人〉，道盡了文人種種辛酸，他首先指出寫作人出書，與畫家的畫展及歌者的唱片絕對是兩碼子的事，在商業掛帥的社會，所有「貨品」均講求它的「包裝」與「推銷」，而書卻偏偏是一種「落伍」的產品，尤其是不追時尚流行風氣的嚴肅文學書籍，如果稍對出版有經驗的作家都知道，書一出版，有三種命運等待著它，「躺」在書局的大桌是它的青春黃金時代，可是不獲青睞成爲暢銷書時，便馬上和其他叢書「站」在書架上，而最悲慘的最後命運莫如被放在倉庫裏，永無重見天日之時。可是張先生最讓我感動的還是他文人憨直的個性，說到暢銷排行榜，有年春節過後，他逛書肆，書籍擺到天井，全年排行從第一名到第一百名，「找不到自己書的踪影，當時難過得想大哭一場……低頭黯然離場，生怕遇到熟人……寫作人落到這境地，已不是悲哀兩字可以說得盡的了。」上面這種情境可能不止發生在張拓蕪一個人身上，可是多少人就爲了這「半職業性」的自尊而忍氣吞聲？多少人會像張拓蕪那樣以眞摯拙樸的心情而暢所欲言欲哭？

本來暢銷無罪，雄踞在排行榜的往往也有好書，問題是在黃金掛帥的貪婪之島，許多競爭性的排名均是以金額的大小來作價值評估的高低，如此一來，本來是一個文學性的欣賞問題，卻陡然演變成一個商業性的消費問題，同時因爲問題本質（欣賞與消費）的分歧，遂亦牽涉到策略性的分異。

副刊的定位問題

張作錦在一個「感時篇」的專欄內曾有一篇題名〈迷失在黃金閃耀中的報紙〉的感慨（〈聯副〉八十一年八月七日），他報導：「臺北一家報紙，以六千兩黃金、二十部賓士轎車、一百部吉普車和一千輛機車『回饋』讀者，凡訂報半年以上，即可抽獎致富。有人爲之估計，這項贈獎活動大約要花新臺幣一億五千萬元。如非絕後，恐亦空前。」張先生感時憂國，弦音之外，自是針對一種或多種社會現象，而非一項報紙的推銷活動，但由此可以見微知著，發展到二十世紀的文化社會，由於商業主義的消費性策略，已嚴重影響固有的文化生態，以及健康的文化轉型。

最明顯的就是消費策略的統御，在資本主義的運作，產生「取悅」讀者（消費者）而非「提升」讀者的大前提與方向，就以副刊而言，它在策略性的轉變，無疑是鉅大的，報禁尙未解除之前，副刊是「一副專政」的天之驕子，翻開一張報紙，副刊是一塊肥沃豐腴的園地，堪供文化人耕耘，亦堪供讀者文化性的引導與啟蒙，因爲除此（副刊）之外，別無其他，所以才有產生當年如《中國時報》〈人間〉副刊的高信疆或《聯合報》副刊瘂弦等人以文化文藝爲主導的氣概，如果說得顯淺一點，那是副刊要讀者看什麼，而不是讀者要副刊「刊」什麼。

當然，讀者從來沒有這種主動性的能量去左右副刊，但消費性的讀者可以，因爲他們的身分已由過去理想主義的選擇性轉變爲商業實用主義的一般性，爲了要強烈開拓高度競爭的讀者市場，尤其在解嚴以後，不但報與報的互相競爭劇烈，一張報紙內的版與版的競爭或互補也同樣激烈，主要的關鍵是：如果一個客戶要推銷他的商品給消費者，媒體是報紙，報紙遂成爲商品的一部分。

《文訊》月刊曾經在民國八十一年八月號做了一個「變革中的報紙副刊」專題，其中除了報導、訪問，及分類統計各報副刊的主編及發表作品外，最具代表性的是向陽與隱地兩位對副刊分歧的觀念，向陽認爲副刊的走向已達到另一個考量點，那就是讀者及社會集體思考的衡量，在這兩者之間，向陽認爲，讀者結構改變，報業政策亦即隨之而變，這是報業存續的本質問題，先天不利文學發展，而又把文學發展前途寄託在副刊上，這本身就是一種神話迷思，雖然文學副刊有它的歷史文化傳統，但隨著政經社會結構的轉變，整體社會對文學需求已不如當年的農業社會，作爲大眾傳播媒體的報業，自然不可能仍像過往把副刊視爲不可或缺的一頁，所以副刊在解嚴後的臺灣，已走向「可有可無可缺可棄」的末路。

隱地仍然堅持副刊爲文學繼承的命脈，在現今功利和娛樂主導的次文化強勢下，「絕處逢生」的文學副刊可分爲「冷副刊」與「熱副刊」，冷是一種堅持，如〈華副〉，熱是一種走勢，如〈人間〉或〈中副〉，乍暖還寒則有〈聯副〉，既有文學，亦兼懷社會。無論如何堅持，隱地下面的感嘆仍然是一種文化現實——「今天報紙已經擴版到十大張，周末和星期天，有時擴版到十五大張，浩浩蕩蕩六十個版面，卻容忍不下一版『文學副刊』，總是將所謂政治、文化、學術、資訊擠進這塊可憐的園地，人家頒諾貝爾文學獎，我們跟著打拍子，奏樂而不唱歌。創作、創作、創作！眞正的『文學副刊』，應該只登作家寫的創作——詩、散文、小說和文學批評。一切多元性的其他資訊或記者寫的報導，都請移到其他版面。」

文學的悲運可以改變嗎

到了八十一年九月十二日，〈聯合副刊〉刊登了在八月策劃的一個「文學又死了嗎？」的座談，由鄭樹森、南方朔、廖炳惠、張大春四位對談，瘂弦的引言顯露出副刊對文學的焦慮與不安全感，因爲即使副刊有時登出非常好的作品，但引起社會效應卻不如預期的好，於是便有了重拾文學又死了嗎的話題觀念。四君子微言大義，博引中西，堅持文學並沒有死亡，它之所以死完又死，完全是一種生態性定義擴展，也就是從傳統性的「正典」及「中心化」進展入「非正典」及「非中心化」的階段。這些我都非常同意，因爲美國文化自六〇年代接受公民權利及女性主義開始，都能把新觀念與現象納入正典，這種對外的容納，其實也是對內的轉化，就像從實證主義與新批評進化入結構主義，新馬及性別研究等等，但假如細觀美國文化與出版的蓬勃，與臺灣卻大不相同，美國出版社從七〇年代開始勵精圖治，從電腦系統開始到控制庫存，都能把過時的正典送入經典，從而有更大的空間去出版新觀念或潮流的書籍。說到詩選，小型出版社及大學出版社出力猶甚，但是反觀臺灣目前的文藝景觀，卻完全不是這一回事，那是一種文藝困境，因爲大家都爲商業主義所枷鎖，副刊無論冷或熱，都希望推動種種文藝文化性的觀念，不爲時俗而流從，但另一方面，由於出版與讀者的現實面，以及其他媒體（如雷射唱片或錄影帶）的市場競爭威脅，亦不得不放低身段，雖不致像向陽說的那般「可有可無」，但文學目前景況之「可憐」，卻是非常明顯的。

文學的定義可以擴展，但是不能妥協，現在文學作家面臨最大的困擾就是向商業性文學妥協，上面提到李渡予的長詩，如果不是獲獎，它有機會面世嗎？如果副刊或書評無法把臺灣茫然無知的讀者從暢銷排行榜的迷思拯救出來，而大專院校的文學訓練又無法延續這一條日益瘦弱的文學命脈，那麼我們儘管從出版數字去沾沾自喜或自豪於我們的文化建設時，文學的命運無疑是非常悲哀的。

警覺到這命運最強烈的還是副刊的主編，八一年六月，〈中副〉主編梅新與《現代詩刊》聯合邀約了〈聯副〉的瘂弦，〈人間〉的楊澤，〈時代〉的羅智成，以詩人主編的身分辦了一個「現代詩的危機」座談會，後來更以〈再來一次造詩運動〉的刊頭刊登在同年十月二十一日的〈中副〉，雖是以詩爲題，其實詩的命運與文學命運無可分割，他們的建言非常中肯，在不可轉移的現實中仍然堅持某種理想，在羣體社會的統御中繼續追求小衆的存在空間，但無疑，除了基金會、詩獎、詩社、小型出版社、詩訊與活動外，幫助還是非常有限的，因爲我們深知，問題的癥結仍然在於——文學「風氣」。

寫到這裏，想起美國《洛杉磯時報》在一九九二年十月十五日一篇有關今年諾貝爾文學獎得主詩人沃爾科特的報導，得獎那天，早晨六時的電話便把他吵醒了，三個小時後，成羣美國記者擠滿了他的公寓，其中一個電視女記者一直向他哀求：「眞的，沃爾科特先生，你可以面對鏡頭給我們讀十秒鐘的詩嗎？」她繼續懇求，「只要十秒，四行，你知道，澎！速簡，一點也不花你的時間。」

沃爾科特瞪著那女記者像被要求把兒子吃掉一樣，這是第三次，也是最後一次，他嚴峻拒絕說：「我不能這樣做，我沒有辦法把詩撕開，然後餵一塊妳吃，爲什麼你們這麼難去明白？」

請看，美國並不比臺北好到那兒去。

還有，我們的諾貝爾得主在那兒？

一九九二年十二月

誰來管文化

黑格爾說過：一切存在都是合理的。我看並不盡然，譬如最近的調查顯示，國人平均每日看電視兩小時，而再根據行政院主計處最近公布的「臺灣地區文化調查需求面綜合報告提要分析」指出，經常閱讀圖書及雜誌者只占國民人數的百分之十四，在最近一個月內從不閱讀者達百分之五七・二，偶爾閱讀者不及三成。看到以上的統計數字，怪不得文化工作者南方朔就以一篇〈不讀書的臺灣！〉爲文痛陳奢華外貌的臺灣，無法掩蔽它中虛的實體。

無獨有偶，八十一年十一月二十日行政院文建會假新店楓橋度假村舉辦「文化建設長期展望研討會」，由新環境基金會董事長柴松林發表專題演講，題目是「從富裕社會到白滿年代」，剖析社會失調現象與文化貧乏，柴教授指出下面失調的四點：一、私人富裕，卻公眾貧窮；二、物質富裕，卻精神貧窮；三、名目富裕，卻實質貧窮；四、資訊發達，卻知識不足。

柴松林還語重心長的指出：「一味緬懷過去，卻不展望未來，這是值得大家深思與檢討，而當前解決之道，唯有不斷的學習，從開始性的學習、更新的學習到優雅的學習，讓大家從學習中去思索如何使這個社會更美好、祥和。」

無可置疑，學習的經驗絕對包括閱讀，當然也包括電視文化，我這兒並沒有任何菲薄電視文化之意，也不是說它的存在不合理，因爲電視文化的提升，也正在不遺餘力的進行，譬如文化總會「電視文化研究委員會」在同年同月十九日的第四次委員會議後的「新聞聚談」中，主任委員石永貴就指出委員會的近程及遠程計畫，以求提升達到「電視三好」的境界，把電視臺、廣告商與觀眾形成一個組合整體。

但是反看文建會在二十日研討會第三分組「總目標與基本策略」的討論裏，令人憂心忡忡的還是圖書出版方面，據報導，由於圖書出版並非文建會所掌管之業務，在基本策略中並未詳述圖書出版方面，只有正中書局總經理黃肇珩指出圖書出版是文化傳承的重要任務，希望大家能重視圖書出版的問題云云。

這問題正是文化命脈關鍵的所在，爲什麼我們不能立竿見影的制定出版策略計畫，短程的、中程的，或甚至長程的？爲什麼我們不可以由一個統一機構制定各種方法與可能計畫，或者與民間業者共同執行？爲什麼我們可以在強調建設文化大國或文化中國之餘，對於民眾閱讀萎縮現象無動於衷？

本來在一個民主、自由與均富的社會裏，人民有選擇閱讀（或觀賞）的權利，這正是制度本身福祉，可是濫用制度的自由而做成失調失衡，甚至是閱讀減退或拒絕閱讀，做成「失讀慣性」，卻是民主社會最大的文化弊病。可是話又說回來，在非專制社會的體系裏，我們無法強迫人民閱讀，這就是如何設計文化課題的最大挑戰。

至於圖書出版，以後當再詳論，茲先舉出目前文化出版最迫切的問題：目前出版文化的延續，正是危急存亡之秋，困境不在於我們如何繼續出好書，而在於如何讓過去所出的好書繼續在市面流通，稍爲對出版業有涉獵的人都知道，目前市面出版文化的焦點恆在每月所出新書，因爲它們才是讀者購買的主要對象，長銷書（不是暢銷書）已日漸式微，而且這類書籍也有一定壽命，換句話說，如果出版文化一味追求新鮮時尚，而這類新鮮時尚亦未具有任何長遠的時代精神，則後果將是劣幣驅逐良幣，當所有「現代經典」都無法再版或市面流通，有心人惟有求諸於圖書館或私人收藏時，那將成爲文化學術，而非文化生活。生活本身，在於它的周圍環境，周圍環境的建設，亦非一味求新，而是知新溫故，這才是文化建設與文化復興的宗旨，我們不希望將來步《四庫全書》的後塵，我們期望的是一個書香世界的現在，所以，如何以一個超然機構以超然魄力去繼續出版與保存臺灣創作隊伍過去幾十年的文化心血作品，或是以系列叢書或經典寶典的出版方式去堅持和民眾某種程度下的接觸面，讓他們一方面不要與過往脫節，另一方面更能全面了解過往與現在的關聯，這應該是某機構下一個研討會的主題吧。

一九九三年一月

再拜陳三願

——有期待於《文訊》的節連性、權威性，及自求性

《文訊》瞬即十週年，十年樹木，百年樹人，影響不可謂不深遠悠長，但觀其成長過程，有似特技團壓軸好戲的空中飛人，在飄盪鞦韆的空中現實裏，驚險百出，也安然無事，每次飛身空中，都能準確抓著咫尺天涯的鋼條把手，隨著觀眾驚呼，又飛越向下一期高峰。表演看多了，自是心中有數，不止因為有安全網，常覺得表演者的身手，永遠是年輕的黃飛鴻；但事實上，超人也有死亡的終刊，故不得不藉週年紀念專號之便，作下面三願綢繆。

第一，《文訊》的存在，不止是文化異數，同時也顯露中華民國臺灣文藝政策的強點與弱點。一個政黨屬下文工會的文化刊物，竟然能超越意識形態局限，以文化報導的服務身分去整理、策劃、彙報、研討各類文化資訊及主題，它綻放的光芒異采，不止展露饒有朝氣「事在人為」的格局，同時亦把中華民國臺灣文化活動形成連續光譜——一個資訊的網絡，許多國內的出版社或報章都有書訊服務，但因種種先天環境條件，不是限制於時間性（報刊的

讀書版），就是限制於空間性（出版社各自爲政替自己出版書籍做書訊），容或有規模的書店有心作出書籍通訊，但流廣性有限，未能伸達到廣大讀者羣，《文訊》月刊無論在先天環境（每月一期的雜誌性質），與後天的編輯策劃，都讓人感到當今文化氣息與脈動，雖是時強時弱，但卻生生不息，這是在整體文藝政策下所能反映出來的強點。

但強點背後卻又顯示同等弱點，由於政府整個文藝（或文化）政策欠缺通盤規劃，嚴重暴露出各文藝或文化部門的「失節」——欠缺節連性，在現今錢淹腳目的富裕社會，文藝部門也水漲船高，雖在總預算上是九牛一毛，但其分配到的預算卻也足以西瓜看大邊了，由強勢單位去輔助弱勢單位，固然在道義方面，是傳統美德，但在義理方面，卻常足以授人以話柄，問題是現在不是誰輔助誰，或誰支援誰的問題，而是整個文藝政策分工配合的問題，《文訊》如前所述，先天有月刊優勢，但同樣亦有黨工刊物生存的定義局限，這種先天體能經常顯示它的孱弱體質，只能以服務性的姿態去配合推廣其他文化部門的政策，有點委屈，也有點無奈，如果國家文藝政策的節連性加強，則《文訊》是不是黨工刊物已不重要，它擁有應得的生存空間，無愧於天下。所以日後在總體策劃方面，如何以《文訊》作爲一個文化資訊的服務環節，配合公家文化部門的推動政策，包括文建會、文化總會、新聞局、教育部、僑委會等單位，這是一個值得深思的問題。

人微言輕，還是繼續拜陳二願，去建制一個總體文化政策，不能單靠經驗累積來推動（現在我們的確如此），它必須通盤策劃而具備絕對的前瞻性與領導性（如果領導性顯示泛政治化傾向，則應是指導性），但是我們經常欠缺的不只是這一類政策，同時還是這類政策所需要的專業人才，其後果常是，容或備有外在的官方權力度，但卻常欠缺內在的專業權威性。試以文化資訊而言，現今最迫切需要的是一種權威書評制度的建立，我們每次只能翹首仰望《紐約時報》書評或藝評，仰別人鼻息來肯定自己，就像每年盼望諾貝爾獎的花落吾家，更別遑論多少媒體爭相報導的坎城、威尼斯，或柏林影展，固然，他山之石可以攻錯，但我們談文化建設，必須自文化信心開始，對自己的文化沒有信心，對別人的文化只有仰慕，以別人的眼光來衡量自己的成就，正是削自己的足去就別人的履，這是拆除，不是建設。

搞到最後，沒有人願意寫有責任有良心的書評，即使有專業素養，也因爲蒙上一層「開罪不得」的陰影而輟筆，但是荒謬的是，我們沒有想到開罪不得的書評人，而想到開罪不得的著書人，這不但是我們文化的陋習，同時也是道德重建的挫敗。

最後一願，我之和《文訊》淵源頗深，主要還是種種因緣，得識李瑞騰、封德屏，進而有系統觀閱這雜誌的變化發展（又何止十年？）未來更爲它的種種困境與危機而沙盤推算，煞費心機，就私而言，是私人友情，在公而言，卻是國家大事，《文訊》能突破過去的有限條件而成無限光明的文化策略執行，成就已是有目共睹，但隨著潮流與當今文化政策的轉型，《文訊》已面臨另一種瓶頸，必須自求多福，所謂自求，就是要加強它的「自主性」，無論在政策上、財務上，或甚至策劃上，它經過十年生聚，必須重新出發，以我的三願，從節連性、權威性，到自求性去加強，去繼續它過往的使命；而這種自求，更是腳踏實地的告訴世人它已站起來，像好戲連場後的空中飛人，翻身落地，一步一步穩健的向前走去。

一九九三年七月

葡萄園的故事

歲晚圍爐，本應長夜聚首，閒笑歡愉，而在下偏不識趣，引出《聖經》內一段葡萄園的故事，含沙射影，借古諷今。

《馬太福音》內第二十章內載，天國好像家主，一清早就出去雇人進入他的葡萄園工作，從早到晚，在不同的時間裏陸續雇請不同的工人入園工作。到了晚上，園主叫管家一視同仁分各人一錢銀子。早來的工人不禁埋怨家主說，我們整天勞苦受熱，那後來的只做了一小時，你竟叫他們和我們受一樣的待遇麼？園主回答說，我和你們大家講定每人拿一錢銀子的，不分先後，因爲那是我願意的，我的東西難道不可隨我的意思用麼？因爲我作好人，你就紅了眼麼？這樣那在後的將要在前，在前的將要在後了。

《聖經》的意思是：在世間被召的人多，而能進天國的人少之又少，所以一旦得道，無分先後；有似浪子回家，必須格外歡愉。

到了二十世紀的九〇年代，中華民國臺灣像一個葡萄園，自從六月四日以後，園主到處雇人入園參觀工作，有從南天門來的，有從天安門來的，先先後後，陸續前來，待到晚上各人拿了一錢銀子。據〈金驢福音〉內第二十一章載，竟然是後來的人開口說話了，在他們一一離開園子前，都作了意義深刻的臨別贈言。

有一個說，他從繁榮富裕的臺灣表象，看到「富有危機」，臺灣人很有錢，但卻是一羣「富有的窮人」，精神文明與文化建設的匱乏，正是這富裕多金社會已亮起的紅燈。部分臺灣人士也許對中國、對民主運動不了解，言談間不覺流露經濟的優勢，缺乏眞正的愛，因而使得對民運的幫助減少，甚至沒有幫助，也讓他自覺「眞的非常窮」，因爲「即使在富裕的社會，還是有精神貧窮的人」。

園主聽了，內心覺得十分慚愧和難過，瞬間園子繁華落盡，所有葡萄都變酸了，那一年釀出來的酒自非佳品，據云渣滓頗多。

另一個又說，「KTV」「MTV」都是臺灣的特有產物，將自己關在一個小房間裏休閒娛樂，這種心胸、思想自我設限的島國心理的表現，對臺灣未來的發展極爲不利。他誠摯邀請所有的臺灣朋友，有機會一定要回大陸看山看水；兩岸關係在民族情感的連繫下，將是一條永難割斷的長河。

所有先來的工人聽了都非常地自卑，原來園子也有大小之分，尤其最近幾年偷渡前來的非籍傭工聽了更是慚愧，菲律賓爲千島之國，心態自然小之又小了；拿過諾貝爾獎的日本工人也爲自己的日出之國而羞愧；而日不落的英國工人拿著厚厚的一本莎士比亞楞在一旁，不知莎翁的《暴風雨》是否有自我設限的潛意識？

園主嘆了一口氣，多少年前，已有一句名言，天國不是我們的，他想，明天他出去找工人，必須找那些長工，那就沒有先來後來的爭執了。

一九九〇年一月二十六日

北島無岸

柴玲復出，非常感性地引用了一句北島的詩——〈在沒有英雄的年代裏〉，這是北島當年寫給遇難作家遇羅克的獻詩，題目叫〈宣告〉，詩分兩段，不長，是這樣寫的：

也許最後的時刻到了
我沒有留下遺囑
只留下筆，給我的母親
我並不是英雄
在沒有英雄的年代裏
我只想做一個人

寧靜的地平線
分開了生者和死者的行列
我只能選擇天空
決不跪在地上
以顯出劊子手們的高大
好阻擋那自由的風
從星星的彈孔中
將流出血紅的黎明

北島一共寫了兩首獻詩給遇羅克，另一首是較長的〈結局或開始〉，內裏也有名句「我，站在這裏/代替另一個被殺害的人」。這兩首詩，都收集在一九八六年在廣東新世紀出版社出版的《北島詩選》裏，短短兩年間，詩集再版兩次，銷售量達三萬五千多冊。在這本《詩選》裏，北島是這樣介紹自己的：

北島，原名趙振開，祖籍浙江，一九四九年生於北京。

> 自幼喜愛文學，曾試過筆，就像嬰兒屁股上的青痕一樣，並非別人揍出來。
>
> 「文化革命」給一個富於幻想的少年帶來最初的狂喜，不久便轉成了迷惘和消沈。一九六九年他被分配到北京某建築公司，當了六年的混凝土工，五年的鐵匠。隨後曾在兩家雜誌社當過五年不稱職的「裁縫」。現在待業，或可以稱之為「自由撰稿人」。
>
> 他於一九七〇年開始寫詩，那時只是為了寫給幾位可靠的朋友看，若稍有不慎就會招來橫禍。一九七六年，他的妹妹因游泳救人而犧牲，這無疑是一次沈重的打擊。他曾產生過輕生的念頭。一九七八年底，他和幾位朋友創辦了文學刊物《今天》，一共辦了九期。
>
> 除了詩歌，他也寫小說，並譯介過一些外國現代詩。

讀到這樣的作者小傳，眞是一字一淚，文化革命像一根無情的大鞭子，鞭撻著如大樹般的母親中國，她的子女花果飄零，在年輕歲月裏流浪，甚至浪費，最後湮沒無聞。北島、顧城、楊煉、阿城等人都是比較特出而幸運的，因爲他們不但殘存於歷史的浩刼，同時也讓外面的世界認識他們。

一九八八年底或八九年初吧，在洛杉磯見到北島，回想那時正是夾在「河殤」與「六四」之間山雨欲來風滿樓的時期，在一起還有吳祖光、邵燕祥等人。北島心情顯得非常沈重，一個人躲在屋外抽菸，我們也沒有說得幾句話，只記得臨別時他給我說：「歡迎你到北京來。」我也回答了一句：「歡迎你到臺北來。」分手後，他是否回到北京我不知道，但我知道吳邵等人都回去了，也有人留在洛杉磯不返的。六四以後，得知他人在歐洲，則不管如何算是平安的了，可是我知道他再也無法歡迎我到北京去，最近一年臺灣的發展，憂國的我，也不知道能否以一個中國人的身分歡迎他到臺北來。

一九九〇年七月八日

英雄所見不同

傳說蛇爲凶年，雖非凶神惡煞，然佳兵不祥，從六月的中國大陸瀰漫遍及東歐，再繼而蘇俄帝國，蛛絲馬跡，似乎亦是有跡可循，好像一向視爲銅牆的鐵幕，在民主的烈火焚燒中，頓然推金山，倒玉柱般冰銷瓦解，至於所有前因後果，尚有待歷史學家、政治學家等人去分析求證。

然而蛇尾一擺，我們臺灣解嚴後第一次選舉，倒也應了一句似「汪洋中的一條船」，在驚濤駭浪中渡過險灘，完成一項歷史的任務，但旋即我們又被捲入一陣旋風，六四事件後的各路英雄劫後餘生，紛紛訪臺，民陣也好，學自聯也好，民運也好，紛紛替臺灣提出「忠告」，其中一位年輕詩人老木的話，我聽後頗爲「逆耳」，因爲這類見解，在美多年，實在算得上不計其數，在此稍且按下，先看老木先生對臺灣的意見，在一篇〈搖醒沈睡在富裕中的臺灣〉的訪問裏，老木先生這麼說：

「臺灣缺乏一種大情懷，大氣魄，大眼光，缺乏對中華民族的大情懷，缺乏對整個中國前途追求的大氣魄，缺乏瞻望未來中國的大眼光。」六句話中，就有六個「大」字，其氣勢絕不遜於一般的大字報，而此六大，均是臺灣缺乏的，也是老木先生的大中國主義所嚴肅譴責的，這類見解，大而無當，英文叫做「華而不實」（pompousity），因爲所有海內外有識之士，無日不爲臺灣與中國的前途而殫心竭智，而一旦被這類「情懷」、「氣魄」、「眼光」等虛無法寶祭到空中，人人皆當翻身落馬，頓覺大中國者，有似如來佛的手掌，任憑臺灣智識分子多少的觔斗雲，均無法跳出掌心，到了最後均如白蛇一般，被縮小放在法海的缽器裏，因爲我們年輕詩人老木說到關於談論與思考中華民族的盛衰時，「這種思考在臺灣彷佛很少，就算談論政治上的事，格局也很小。」「無論政治的思考，文化的氣勢，精神的富裕，格局都小，這是一種軟和弱的反映，這種軟弱是物質富裕的結果。」

上面這番話，我誠意接受它坦率的性格，但我無法接受它以偏概全的道理，它使我悠然想起在學校每次放映臺灣電影如《童年往事》或《戀戀風塵》時，總有大陸觀眾在我身後的座位歡呼——「看！臺灣也有這樣破爛的房子！」它也使我嚴肅的想起《聖經》中駱駝穿過針眼的故事，好像在富裕中的臺灣，必須背負起它罪惡的十字架，老木先生如果能有機會和我們一起走過從前，當知今天錢淹腳目，當時卻得來不易，文化如此，精神亦如此，老木是曚曨的一代，亦曾編過風靡一時的曚曨詩選，請問在大陸的年輕一代，是否有慷慨激昂的一面，也有灰暗頹廢的一面？我不想在文學方面糾纏不清，因爲老木據說已因歷史的使命隨時放棄文學，但他現在已身處在西方的蔚藍色了，又該怎樣去搖醒身旁沈睡富裕的資本家呢？

一九九〇年一月二十五日

春節快樂

快樂原是一個非常籠統的名詞，它的相對是悲哀，但並不等於不快樂，有時我個人認爲悲哀是一種幸福，因爲它能讓你獲取智慧。不快樂，不懂快樂，或是拒絕快樂的人才是可悲的，因爲快樂有如富貴，可以共享，悲哀卻似貧窮，只可獨嘗。

多年來，在信札結尾，都常以快樂兩字以作祝福，這是非常普及的兩個字，就像「匆匆」或「愉快」之類，表面看來已相約成俗，沒有太大意思，它的高頻率出現次數大概與「健康」相等，說不定年紀大一點的人用健康次數比快樂還多，但除了快樂與健康，祝君如何如何，實在是一門學問，從一字的「好」到兩字的「如意」、「祝福」、「保重」或「握手」，甚至有時「敬禮」，都多采多姿；三字較少，也不是沒有，最近就有人祝我「元旦好」，活學活用，由此類推，也可來一個「除夕好」、「新春好」之類；四字則五花八門，屢有佳句，大概《詩經》以四言爲主也因這種靈活性吧，詩人朋友會用「歲月娟好」，最近一位編輯朋友甚至祝我「創作驚人」，這些都是別出巧思，脫出前人窠臼，而且更顯得心思玲瓏，應景生情，特別爲君而祝，常會爲這份心意感動。

但是，越來越發覺對快樂兩字祝福有一種偏愛，好像嘗遍千珍百味，最後到頭來還不如一碗玉米稀飯，那應該是內心的一種渴切，自己快樂不快樂並不重要，但是強調別人快樂，或是眞誠渴望對方快樂，卻有先天下之憂而憂的介入感，而世間的確急切需要的也是快樂，多少人每天千般計算，百般思量，上至功名富貴，下至蠅頭小利，簡直連快樂兩字都快忘了，更遑論去思考什麼才是快樂，或是什麼才能快樂。而有時快樂的代價是鉅大的，我想到電影《鋼琴》內那個不能言語而痴戀鋼琴的不快樂婦人，甚至莫泊桑著名的短篇〈項鍊〉。

朋友曾這般說過：秋天還沒開始冬天就來了，現在已經在想春節要什麼。

我如常寄以最虔誠的祝福，祝君春節快樂。

一九九四年二月九日

輯三

酸辣湯

文明的挫敗

前些時報導的一宗在北部基隆旅館兇殺案，老闆夫婦、服務生、房客以及陪宿女郎，全部遭殺，一刀斃命，及至逮到歹徒，究其原因，卻非什麼深仇大恨，不過搶劫而已。

最近南部高雄的另一宗兇殺案，一家舞廳領班與客人衝突毆打，各有損傷，及至客人離去，領班到外科醫院縫針療傷之際，客人去而復返，必欲置之於死地，當場把領班砍殺於手術臺上，究其原因，也非什麼宿怨夙仇，不過是歡場爭執而已。

事件雖小，而採用的解決手段卻毒辣異常，不禁令人瞿然一驚，一刀封喉，不止是殺手，而且還是冷血殺手。因爲人體要害，上至天靈、眼睛、咽喉、下至陰部、足脛，均不得已而用之，尤其是頸部的兩條大動脈，若非生死存亡，絕不輕試。至於因私人恩怨而趕盡殺絕，更非英雄好漢所爲。

西方有所謂文明的沒落與復興。在中國，自從春秋戰國羣雄並起，割據一方，恒以功利武力爲解決。及至仲尼出，談仁道，制綱常，直追古聖先賢，才承前啟後，社會歸納出一種秩序，雖遭逢魏晉六朝的動亂，以及爲溫和被動的佛道思想帶動人生哲觀，然至宋明理學出，談心性格物，直追人的良善惻隱本性，又把社會帶動向另一種自然融和的秩序。

然而在二十世紀文化復興的臺灣，所謂秩序，所謂心性，卻成爲一種絕大的反諷，觀諸上面兩宗事件，雖非每日發生，然而我們對今天的文明臺灣，卻又是另一番思量了。

一九八八年七月十五日

慈悲的挑戰

佛光山的蚊子多，也肥，對人也特別親熱，可是並不見得怎樣友善，至少，對我而言，從第一滴血開始，已連續上演了無數次的續集及第三集。但見法師們均安之若素，大概對出家人而言，慈悲及戒殺有甚於一己之軀，蚊子來襲時，只見僧侶們雙手連揮，驅之逐之，恕之縱之，周而復始，並無任何不便之處，但對我這冥頑不靈的人，卻是一項慈悲的挑戰；本來武學一道，亦是以慈悲爲主，但以手段而言，卻必須制敵於先、先發制人才能慈悲於後，至於克制自己或是制伏對方，都必須以先保護自己爲前提而立不敗之地，甚至不惜霹靂手段，以殺戒殺，這就是武家不可或缺的人類本能底「殺意」(killing instinct)。

對方襲擊我，我還擊，傷之，死之，並無不是之處。但以佛家而言，傷生卻是一種罪孽，寧我死，卻讓眾生活，這是人性最高貴的存在理想，也是一股現今滿是刀光血影臺灣社會的解藥。

但是冥頑不靈的我雖有覺悟之一日，然蚊子又如何？如此看來，卻又成了一項存在的抉擇了。

一九八八年七月二十二日

臺北夢魘

短程拒載，臺北的夢魘，揮之不去，去而復來，不知何時發生，只知總有一天會發生在自己身上，來而無踪，去而無影，無法預防，也無法阻止，的確是一場夢魘，惟有希望及早過去。

可是每次短程上車，心中怯怯，口裏嚅嚅，猶似犯下滔天大罪，靜候司機大人的慈悲。一旦流年不利，大人鐵面無私，則無論你如何趕時間及拜託，下場只有一種，黯然下車，靜待下一回分解。大人理直氣壯，絕塵而去，謀生嘛！尤其在上下班交通堵塞之際，大人不止是青天，簡直是神！

計程車正準備加價，我認爲，理應加價。但是我懷疑，即使從二十元起價加至三十元起價，三十元以內的路程，司機肯載嗎？如果答案是肯定的話，我絕對擁護，加價！但如果答案是良莠不齊，無法做到百分之百共識的話，我覺得對消費者不公平，不加！

如果拒載是非法，而能在立法上嚴格執行，那麼小市民起碼有了心理的保障，沒有上述的「犯罪感」，一旦發生，把車號抄下，處以重刑，科以重罰，有何不對？

短程拒載的現象，已是老生常談，多談雖無害，但亦無益，拒者自拒，被拒者甘心被拒。但是我們忽略了另一個現象，資本主義的後遺症——急功近利的性格，每做一件事，均以該事情之利益作出發點，才決定應做或不應做，所以，司機理直氣壯，乘客亦頗共享其「利益觀」，由此類推，乘客在他本身的行業裏亦變成另一種「司機」，短程拒載，利小吾不爲。夢魘的臺北，什麼時候我們才從自己的夢魘醒轉，不想自己，想想別人。

一九八八年七月二十九日

百年老店的滋味

那天在嘉義，心岱帶我們去一家賣鷄肉飯的百年老店，果然手藝不凡，鮮美的火鷄肉吃起來和土鷄一般甜美，和外國的冰凍火鷄，簡直不可同日而語。另一次在鹿港，上生土長的黃奕興帶頭去天后廟附近吃蚵仔煎，據說也是老店，菜式全部以蚵仔爲主，結果有的好吃，有的並不怎樣。又有一次在高雄朝天宮附近，有人告訴我那一家排骨飯大王，起碼也有幾十年的光景了，有人就是從小學吃到大學畢業的，翌日我走去一試，亦是平平無奇，倒是小小的一盅排骨湯鮮味可口。

慢慢我開始明白，百年老店的味道原來是懷舊的滋味。

如此一來，去吃老店必須從過往的經驗開始，不然，就得端看老店的造詣，舊愛新歡，均都拜倒於該店的廚藝。

余生也晚，又該如何？不用著慌，每一店鋪，將來均可能是百年老店，應該就從現在開始，並且馨香禱祝，期望將來的重逢。

一九八八年八月十二日

臺北，你的名字是垃圾

我們談環保，論生態，反核，並且保護森林，我們要爲子女們留下一片乾淨的天空，還有河流與海洋。但是如果不把垃圾的問題解決，所有的口號不過是沒落文明的一塊遮羞布。

我們殫心竭智，去解決汚染、能源等種種問題，但是我們視若無睹，嗅而不覺，到處都是垃圾、垃圾，惡臭、惡臭，這就是臺北人的哲學，你丟，我也丟；你非法，我也非法，只要大家都這樣做，不合理也看作合理，不正常也變得正常。

也有不亂丟垃圾的人，每天把垃圾掛在門外，便有人收拾，只要有人把各家門前的垃圾收去，其他均是別人之事。而經常發生的是，收垃圾的換湯不換藥，只是把它們聚積在一起，於是小垃圾變成大垃圾，撿破爛的不避惡臭，東翻西撿；狗羣逐臭而來，擇臭而噬。

臺北人，什麼時候我們才開始不麻木？開始不談大道理？解決小問題？還有，那些出入有車代步的臺北市、臺北縣諸位大人們……

一九八八年八月十九日

自強不強

八月十三日南部豪雨，我有事要自高雄赴臺北，為了準時到達，特地乘鐵路局的自強號，果然，時間上而言，火車準時抵達。

翌日，南部豪雨成災，亦因有事必須當天趕返高雄，所以對於一早購買好來回票的我，心裏好不安慰，認為可保無虞。詎料路基崩坍，橋梁沖毁，車站一早有廣播，列車只能開到彰化，維修人員正在搶修。於是旅客魚貫上車，亟望能及時修復，萬事大吉。當然天並非盡從人願，就似旱災後過猶不及的豪雨，列車到了彰化，前路不通，退票，旅客只好魚貫下車。

表面看來，上述事件鐵路局似並無不是之處，好像事情在臺北每天就是如此發生、如此處理，馴良的老百姓只懂得如何在困境中求生，而不懂得如何爭取權益，把逆境扭轉為順境。首先，以消費者而言，他付出了代價，而服務者未能履行在這代價內協定的義務，則服務者必須另作賠償處理。所以表面看來，退票，就是鐵路局的撒手鐧——不履行義務，而作不履行義務的範圍賠償。

殊不知這種賠償，完全是脫身之策，鐵路局可以完全推卸它當初售票時所承諾的服務行爲，說得更清楚一點，假如當初你購票從臺北到嘉義，鐵路局把票售出後，它必須有義務把你從臺北送到嘉義，不會遠送到臺南，也不會近送到彰化叫你下車，因爲這是契約行爲，彼此必須尊重。萬一不能履行，乘客方面如果要去遠一點，他必須補票（鐵路局可以接受，因爲補票並無影響火車服務的運轉）。但另一方面，如果鐵路局不能把乘客送往目的地，它的手段卻絕非退票所能解決。至少，它應有某種責任程度的安排與努力，讓乘客稍有依據（譬如安排改乘公路局或其他交通工具），現在看來，這種想法眞會讓人嗤之以鼻，譏爲緣木求魚之舉。

因爲聽話的市民感到這是不可能之事，大家就在「只好認了」的心理下車，各謀生路。如果語言確能在文化性上表示出一個民族的特徵，那麼中國語對這種處境的描述心理可說是妙不可言——譬如「無可奈何」啦，譬如「敢怒而不敢言」啦，好像在文字和語言上發洩了，心裏就舒服得多。

於是那天，就是懷著這種認了而無可奈何的敢怒而不敢言心理，隨衆魚貫下車。出了彰化火車站，四處茫茫，淒風苦雨，耳邊響著的是此起彼落計程車喊叫到嘉義或高雄的招徠。俗語一句，形勢比人強，眞是不錯，我也曾立定決心走去公路局乘搭國光號，但臨時候車，談何容易，而且在這非常氣候，能空出的位子微乎其微；再折回火車站，碰到這些時勢做英雄的所謂計程車司機，到高雄，每人收八百元，不知高出退票的錢多少倍（也不知鐵路局可曾想到）？幾經折騰，每人六百，還要超載，坐六人，連司機共七人，在一輛破舊的車子裏，一上公路，更要超速，時速一百一，一百二；雨大，像潑水一樣，路滑還要超車。開了二十多年車子的我，從沒有把自己放在如此的險境與困境裏，那時心裏不禁想道，如果我命喪當場，不知鐵路局會怎樣想？現在看來，這種想法眞會讓人嗤之以鼻，譏爲妙想天開。

現今環保與消費權益觀念已慢慢在臺展開，但我們仍然停滯在要求對方品質的提高，而未能開拓了解和爭取自我權益的運作，譬如自強號的站票，就是對消費觀念最荒謬的蔑視。表面看來，周瑜打黃蓋，一個願打，一個願挨；但殊不知站的人苦，坐的人也苦，最不苦的是自強號列車，載著一車廂的鈔票，向前奔馳絕塵而去。

一九八八年八月二十六日

最沒地位的人

臺灣最沒有地位的人是誰？是行人。他不但被剝削了走路的權利，而且根本就落得個無路可走的下場。

古人有謂富可敵國，窮無立錐之地，臺灣富可敵國的人自是不少，食有肉，出有車，而有車的人往往成了特權階級，姑不論有者何車？上至大貨車、私家車，下至計程車、摩托車、單車；有車之人又互有「階級」之分，識時務者，小車不與大車爭，兩輪者不與四輪鬥，在弱肉強食，適者生存的社會，車車之間，倒也相安無事，惟可憐者，有鐵之人（指駕著有鐵甲汽車的人）欺負手無寸鐵的路人。

所有交通燈都是爲開車的人而建立的秩序，而行人，只是在茫茫車海中的喘息求生者，說也奇怪，車羣的跋扈與行人的俯首甘心，已在臺灣成爲一種不成文法。行人早已放棄他走路的權利，而車羣早已否定了這權利而不爲行人而停，尤其是摩托車，即使你已走到馬路的一半，它亦不會停止。擦身而過，繞道而行是最常見的妥協現象，但絕不會停下來，好像停下來是多麼屈服而荒謬的事。

最荒謬的事竟然是發生在高雄，一個讓臺灣人自豪的城市，紅燈不停。對！車子碰到紅色交通燈，如果附近沒有車子或車子稀少，或是司機先生感到「安全」的話，他會慢慢的駛過去，絕不停止，如此一來，行人的權利不但被剝削，他簡直就是冒著生命的危險在走路。我住在高雄最深刻的經驗，就是耳邊常常聽到余光中先生開車時氣急敗壞的「預測」或「評語」——「看，這輛車絕不會在紅燈前停下來！」或是，「你看，你看，眞是匪夷所思，他就這般開過去了」，開車者如余光中也無可奈何，可憐的高雄行路人更是徒呼奈何。

臺灣的行人無路可走，更是一絕。因爲臺灣的行人道根本不是爲行人而設的，它的空間，方便了摩托車羣的停車，或是私家車直駛停進騎樓底的門前，(好像是當車房用的！)或是小販的攤子，或是雜物（譬如修車行停放的待修車子），他們霸占得那麼理直氣壯，好像小孩子在玩遊戲，拾者爲得者，誰先看到這空間誰就是主人。可憐的行人，他們永遠都是姍姍的來遲者，我甚至可以和人打賭，誰能夠「正直」的在行人道上走五分鐘路而不用彎曲躲避，我輸。

最沒有地位的人顯示出臺灣最可悲的自我守法性，本來富而好禮，國家越富強，人民越知恥守法；我們眞的富強了嗎？

一九八八年九月二日

小記卞之琳

八○年代初期，由於文革甫終，而大陸政壇文壇均一片「放」風，除了作品作大幅度的主題技巧調改外，另外一個現象就是作家紛紛出國訪問，而始作俑者的幾位，又以前輩作家爲首，蕭乾好像是一九七九年到愛荷華的，跟著就是艾青（王蒙與他同行）及丁玲等人，其中一位讓我印象深刻的，就是卞之琳先生。

他去美國訪問，是東部哥倫比亞大學的邀請，並順便一會那個《白馬集》的中詩譯者羅拔·披恩。彼此雖是舊識，但見面時卻是白髮唏噓了。在東部訪問完畢，他隨即飛到洛杉磯來，我在南加州大學爲他安排作了一場英語演講，縱論詩歌發展概況。

記得卞老抵達那天，我和鄭樹森兩人到機場接他，樹森遠自聖地牙哥上來，可算難得，因爲他亦是那類「恐門症」人物（即是見到大門就害怕，不欲出門），此次因爲他年來亦有和卞老通訊，而終能見面，自是歡喜。飛機抵達，提取行李，出機場時已是下午四時左右，紐約東部與西部時間相差三小時，所以亦等於晚上七時了，隨即問老人家肚餓否？答云不餓，於是上車回家。洛城風景欠佳，惟堪能示人者大概只有海岸線的碼頭風光而已，詢得老人家同意，特別繞道先到我家附近的雷當道碼頭，算是一睹南加風光，老人家不置可否，上車後，即展開話題。

我與樹森不算拙於交談之人，比起樹森，我更甘拜下風，然卞老話匣子一打開，數十年的話，如長江大海，不絕滔滔，我倆大概只有聽的份兒。到了沙灘碼頭，還未開口詢問老人家要不要下去走走，他已開口對我倆說，美國風光大抵如此，還是回家聊天算了。

於是遵命如儀，回家沏茶再開講，當晚約了一些賓客來聚，包括施友忠老師及師母，他倆從前在燕京大學，與卞老談起北國情況，更是熱鬧，記得那晚梁秉鈞夫婦等人也來了，大家一起吃飯聊天，一直到晚上十時多才散，算算紐約時間，也凌晨一時多了，以為客人散後，卞老便需休息，樹森那晚也準備住我家，還未詢及老人家時，他便已叫我倆坐下來再談，一聊又是兩個小時，時過午夜，我實在撐不住了，便先行告退，由樹森單獨應戰。

翌晨，我見到鄭樹森神色委頓，便笑詢昨晚什麼時候才散，樹森無語，苦笑，給我豎起三個指頭。

卞老善談，然亦顯出他精力充沛，前幾天碰到張大春，得蒙告知北京最近公演的某戲劇，還是卞老親自指導，時隔七、八年，想風采依然。

他爲人亦風趣，與我的小女兒小雅十分投緣，在我處幾天，常常一老一少玩耍，談起名字，他說小雅名字極佳，大陸流行呼稱姓氏上加一「老」或「小」字，譬如老張、小李等，人亦有以老卞呼他，但他的女兒卻就十分尷尬了，聞者莫不捧腹。

二〇年代英國詩人奧登和他的男伴依修伍德（小說家，Christopher Isherwood）曾在抗戰時訪中國，與卞氏結識，卞老來美時，奧登已逝，但依修伍德仍在，匿居在洛城的聖他・蒙尼卡，卞氏曾去信與他聯絡，未見回音，此次抵洛，未敢唐突找他，但把依氏的電話地址告知我，請我轉交依氏一書。卞離美後，我曾電依修伍德，大概此君年老性僻，言辭倨岸，頗有英國風，他告我謂當年他在中國認識的朋友大都記不清楚了；那有如此之事，記不清楚的朋友就不算朋友，我斬釘截鐵的跟依氏說，對不起，我是友人之託，去電給你並確定居址，以便寄書府上，最後，卞之琳是中國最出名而優秀詩人之一，你不記得，太可惜了，言畢掛上電話。數年後，依氏在洛逝世，我亦一直未將此事告知卞之琳。

深入關懷人性的史詩

一九八七年底，我偕全家在一個寒冷的夜晚，初會貝托魯齊的《末代皇帝》，是近年來觀看大製片電影印象最深刻的一次。

我在南加州大學執教，與洛杉磯地區的胡金銓、但漢章常有來往，電影不僅成爲我個人的興趣，也是和友人交換心得的話題。南加大的電影系十分出色，遠近馳名，系上經常舉辦各種影片回顧展，無形中也豐富了我對電影藝術的視野。

在看《末》片之前，由於累積了《甘地傳》、《國父傳》和李翰祥所攝一系列北京系列，如《火燒圓明園》等觀影經驗，對這類刻畫史實的大製作影片，心中早有概念，可是貝托魯齊的這部新作，仍叫人驚見他露出的成熟功力。本片是貝氏自膾炙人口的代表作《巴黎最後一支探戈》問世以來，擺脫一直要做卻做不到的窒滯，而向前跨了一步。

雖然《末》片囊括了本屆九座奧斯卡金像獎，似乎影片當中無一不美，可是導演仍是全片的靈魂，甚至他個人的才能，掩蓋了其他的表現。五、六〇年代觀眾看電影多以演出爲主，明星卡司成爲訴求重點，一直到八〇年代的今日，仍然可見光芒四射的演員。不過，這時也有另一趨勢，即演員儘管演出賣力，也要有導演的處理，才能合成完璧。

貝氏就在本片中，展現了導演處理上的眞工夫。影片本身是一個故事，導演是說話人（這個故事的代言者），所以導演的功力深湛與否，往往就在於他所採取的敍事方式，在這一點上，電影和文學是很相近的。眾所週知，史詩通常具備敍事的功能，而《末》片有強烈的史詩風格，如何愼選敍事觀點、手法，無疑的，對導演是個很大的考驗。結果，我們看到全片最搶眼的（以我一個文學工作者看來），正是它的敍事法，可見貝氏通過了這道考驗的關卡。比較起來，當然其他的東西就略微遜色了（這或許可以解釋爲何演員沒上榜吧）。

《甘地傳》的情形恰恰相反，完全是靠那位英籍男演員演活了甘地，整個戲味才透出來，否則只是一個冗長枯燥的傳記故事。戲劇性的演出，彌補了敍事上的疏漏，才使《甘》片不減可看性。

《末》片講述遜帝溥儀一生，運用許多倒敍手法，剪接得恰到好處。比方我國章回小說，一個主題分成很多副題，最後又匯歸返回主題，本片倒敍的運用之妙，與章回小說異曲同工。

影片開頭並非循一個人生命的步驟，它不從孩童時代「下筆作文章」，而直接跳到溥儀在東北勞改的景況。集中營的「時空關係」，已經是歷史中一個必然的定點（因為它是發生的事實），再從這個定點逆溯時間的河流，尋找這項事實的來龍去脈。如此由果追究因，不僅加深了宿命感，也突顯了全片的主題——倘若它只是平鋪直述溥儀自小至大，等於一部普通格局的傳記電影，可是它從溥氏下場，一路探索其成因，那麼顯然本片對人性或歷史脈絡的深入關懷，要大於對歷史事件探勘的單純興趣。從這個觀點看，它的表現確實是可喜的。

在這同時，我也看了史蒂芬史匹柏的《太陽帝國》，比諸《末》片就明顯差了一截。兩片的共同點都試圖超越民族性，表現人道、宇宙性的觀點，可是《太》片也許只有日本人看得舒服，假如給我們中國人，或深受集中營之苦的人看，恐怕不會產生共鳴感。然而，貝氏處理的《末》片，就能喚起更多的共鳴。

我們中國人一向懷有「中土為大」的觀念，同類、異族的區別心較大，像看待滿洲人的觀點，就是堅守漢族的本位立場，鮮能從滿洲人的地位去看。進一步言，我們看溥儀也逃脫不了「優越感」作祟，總當他是異族，把清朝的覆滅當成是滿族的災難，可是從人性視之，這種歷史演變其實不僅是他個人的悲劇，也是時代的悲劇。看《末》片之後，頗能體會這種訊息。據說貝托魯齊最先完成的劇本，並不是現在看的這樣子，等他五次親自前往北京，實地視察，研讀過溥儀著的《我的前半生》，會見有關人士，綜合這些資料後，他重新改寫劇本，提升人性當中的「普遍性」，表面上雖是一個滿洲人的一生，實質上卻是一個人類的處境，觸及到「人與歷史」的命題。於是，觀眾們儘管看到溥儀的決定、錯誤，卻覺得他本身無可厚非。在這部片中，不惟中國人有共鳴，外國人也可以找出自己的角度而心生共鳴。

一九八八年四月十四日

豬肉與人肉

日前讀到逯耀東先生一篇有關白樺談吃豬的故事，那個青年工人的舅舅寧願讓自己的兒子餓死，也不讓他兒子來分享一塊豬肉，據逯先生的分析，也許是這個人怕他兒子吃了豬肉，有力氣四處走動，露了口風，外面的人一湧而至，不但會把他的豬肉吃掉，甚至會把他吃掉。此推論甚爲有理，我想再加補充，這人把打死的豬藏起來，只在夜深人靜時，偷著吃一塊，主要不是不給兒子吃，而是不信任兒子，從整風到文革，人性的互相信賴已被摧殘至獸性的猜疑與殘殺，此人不是不給兒子吃豬肉，而是根本不讓他兒子知道他有豬肉吃，知道了的後果，一是如上述，兒子告訴別人，但另一後果，卻是兒子告發老子。

至於外面的人一湧而至，把豬肉吃掉，也把他吃掉，也是甚有可能，記得有一次在洛杉磯，我和鍾阿城一起去鄭佩佩的「亞洲電視」錄影，完畢後和金銓一起去喝下午茶聊天，一下子就聊到吃的話題，據阿城敍述，當年文革，安徽一帶最爲悲慘，能吃的東西越來越少，最後連吃的也沒有了，於是便開始吃人肉，我們現今聽起來算是心驚膽跳，大逆不道，但在當時卻雖是三餐不飽，但有人肉吃時，也算是家常便飯，不足爲怪，可是當其中有一人對朋友們宣稱，他再也不敢吃人肉了，眾人稱怪不已。

原來據他追述，有一次他在吃人掌（讀者諸君請注意，不是熊掌，是人的手掌），煮燉得稀軟，但骨連肉，肉連皮，仍是一隻手掌的形狀，此人當時見怪不怪、司空見慣之下，也就毫不在意用筷子把手掌挾起來準備送入口裏，說時遲，那時快，不知是否筷子太長（拿揑不準），或是他腕力不够，或是手掌太重，忽地這隻挾著的手掌竟朝著他的面頰一巴掌打過來，結實打了他一個耳光。

自此以後，此人再也不敢吃人肉。

一九八八年三月二十三日

食蓮

詩人並不一定懂得教詩，儘管他能寫出很好的詩，同樣，懂得教詩而教得很好的不一定是詩人，也不需要是詩人，儘管假如他是詩人的話，他也許更能分享詩作中那些強烈情感的流露與表達，我在學府裏授中詩、英美詩，或甚至比較詩學，基本上是我本身的一種學術訓練，這種訓練，猶如歌手之音色培養，或甚至如廚師對廚藝菜色種種的了解泡製，是職業性的，沒有僥倖，也沒有優越，就像販夫走卒，他唯一能感到的是對他自己本行裏的一份尊嚴與自信。

可是我也是詩人，所以我對詩也就分享著一份偏愛，甚至可說是一份偏心；因爲我對生命與詩的一種執著，同樣也就特別敏感於別的詩人對生命與詩的那種執著；因爲我在詩裏對生命的那一份肯定與懷疑，也就更有興趣了解及學習別人在詩中那種人生態度。雖然我從來不爲自己喜愛的詩人或詩而設計我授課的學期進度表——因爲那完全是一種職業性或學術上的工作，但我從來沒有放棄我重新溫習自己暱愛的詩的每一個機會，而在課堂裏授詩的，每當學生聚精會神聆聽或埋首追蹤於行句間的意義時，他們看不見或感覺不到的，是我對某種詩行的反應與內心激動，中年情懷，凛冽如酒，有時簡短數行，卻能令人迴旋激越，潸然泫然；這也就是我多數強調自己誦讀，而在外文系中，學生大都因此而失去用英語在班上誦讀的機會，這份希望，我了解同情，但是我就常覺得與其不知其義的誦讀作品，倒不如借用我的聲音，希望能自聲音的演繹裏，更能表達這行句間的涵意。

有一個這樣的下午，密雲無雨，陰鬱的天氣，還帶著一種浪子回家的酷熱懲罰，在指南山下，我們讀完陶潛的〈桃花源記〉，葉慈的〈航向拜占庭〉及〈第二度來臨〉，甚至柯立基午睡醒來的〈忽必烈汗〉，有一個這樣的下午，(啊！也就是學期完畢揮手告別的時候了！)我和他們讀著但尼生的〈食蓮人〉，優力塞斯經過十年的特洛埃戰爭，十年的海上漂泊，在回家的途中，來到這個能讓人吃了蓮果而做夢流連忘返的小島，有些水手疲困於在海上的無終漂泊，欣然就食，因為——

去夢到家鄉，妻兒及奴婢

總是甜蜜的，

但最令人疲困的是那無終的大海，
疲乏的櫓槳，
疲乏在虛幻浪沫中的流浪大地
終於有人說：「我們不回去了。」

我已經回來了，臺灣不是食蓮島，它應該就是我的綺色佳！可是飄零的我，是否要假扮乞丐去試探闊別多年的家園？孤獨的我，又該敲那一扇門，找那一家去試探？我誦讀的聲音顫抖而傷感，然後又充滿懷疑，是否夏天來臨，又是我遠航的時候？是否我必須很快就要擺除這一陋習，自每天正午到兩點鐘的昏睡中醒轉過來？

一九八八年六月十八日

野蠻文明

臺灣經濟繁榮，工商業發達，南北交通暢通，一號公路上雖無如龍的馬羣，但流水的車輛卻是朝夕川流不息，在高度工業與機械文明推動之下，我們能以自豪的是公路無論在設計及構造都不遜國際水準；我們的車輛，從貨櫃車、貨車、大巴士、兩用車以及私家房車，新或舊，國產或進口，種種形色堪爲大觀；我們在公路上分線、限速、設休憩處、綠化環境、豎立路面各段標誌，一切的表現在在顯示出我們高度文明的特徵。

但是一旦處身於公路，則猶如陷身於戰國羣雄並起的局面，人或車的身分馬上被貶落爲最原始與野蠻的生存狀態，姑不論你開的是賓士或寶馬，且不談你是王親國戚或豪門大族，在臺灣公路的文明，就是原始部落的野蠻，以大吃小，以強克弱，沒有道理可言。大貨車要超車，小車就得退讓；一部小車時速一百，後面一部小車要超速一百一，他一定會在後面亮燈、響號，理直氣壯的叫前面的車子退避一旁，在如此高速的狀態與千鈞一髮生死存亡之際，每人自然而然把文明先拋在一旁，而將自己退化入最基本的生存本能裏運作，仁義道德的君子，不吃暴力野人之虧。

本來從野蠻到文明，是一種進化性階段的直線發展，而線的兩極，是相對性的對立；但是文明開始異化後，則變成惡性循環，垂直線轉爲曲線，回復最初的原始無知。只不過這時我們已換上西裝革履，而不再披獸皮執長矛了。

一九八八年九月九日

國光失光

我寫了一篇〈自強不強〉，手民誤植爲「自強不息」，校對也自以爲是，讀者更不疑有他，足見大家心理，不是積非成是，而是積是成是，習慣了的就是道理，尤其是慣性的日常生活，包括成語習俗，所以這次〈國光失光〉不要排成「國光爭光」了。

且說臺灣高速公路的爭霸戰，可說是羣雄並起，烽火連天，可憐升斗市民，被夾中間，既沒有私家車代步，也不懂誰爲王爲寇，每天奔波於南北兩地，有最方便的車便搭，有最乾淨的椅子便坐。

我喜歡坐臺汽的國光號，不只是因爲它票價比自強號便宜，同時亦座位舒適、洗手間乾淨，這些雖不算得是百分之百的絕對理由，但比起自強號那股火車洗手間的氣味，以及那杯淡無茶味的溫茶，卻不可同日而語，雖然在公路安全而言，臺鐵是一統天下，而臺汽卻必須在公路上和違規遊覽車及大貨車等一爭長短，每次我都喜歡坐第三或第四號座位，所以有機會留心觀察駕駛員的技術與態度。平心而言，國光號的駕駛員不慍不火，整體的駕駛精神十分守法與客氣，不似遊覽車那般以大欺小，隨意超速，隨時接客，隨地放客。

那麼國光號失光在那兒？在於它的車站服務，執行服務，與車輛服務。

先說車站服務，君不見，臺北西站與高雄東站，眞是數十年如一日，據說西站還是一度倒塌後重建的，無論車站的空間與乘客上車入口的設計，都常令人感到謙虛得十足是微不足道的小市民，因爲擠迫起來，容身之處固有，立足之點也够，但卻眞是舉步維艱，每個登車入口處都是長龍，好像全世界都是直的，往直就有路走，打橫就必須把龍頭切斷，把龍尾割掉。那麼客氣一點繞道而走吧，走了老半天，還不是到處碰到七轉八起的大蟠龍。本來國光號的一個方便處，就是可以隨身攜帶一些沈重行李，但如果手提兩個大皮箱要做一個堂堂正正的國民從入口上車，那你必須有本事先擺平左右的兩道鐵欄柵。

再說車站的售票服務，無論是當日或是預售窗口，都常有一張臉孔，既不熱誠，也不冷酷，這是一張非常難以形容的臉，可能來自上班的疲憊，可能來自工作的壓力，甚至可能來自枯燥的長坐與環境，這張臉既不那麼樂於助你，但也不是不會助你，但如果你是有著強烈自尊心的人，你絕不會去求助於他。他對我一點也不陌生，我常呼之爲「華航」臉孔，諸君不信，乘搭一趟出國華航班機便知，也是有緣。

車掌小姐的執行服務也有待加強，我有一次和家人南下，三天前劃好位子，對號入座是文明國家的典型，怎知那次座位竟劃重複了，一位太太坐在那兒就是不肯讓位，找車掌，答覆是你們最好自己協調協調。中國人最喜談協調，什麼都可用協調來遮羞，譬如中美斷交後成立的協調處，這名詞可眞管用，但可眞無用，協調到最後還不是那位太太我行我素。至於車掌的功能，除了收票、開車廣播、派報紙、送開水、到收費站時從後面走到前面和駕駛員在一起，到泰安站時休息十分鐘的廣播與點數人數，大部分都未能執行維持安靜的任務。尤其臺灣的小孩特別活潑，臺灣的媽媽特別仁慈，臺灣的年輕父母特別以他們的小孩爲光榮，每一種吵鬧都是歡樂、每一種的蹦跳都是健康。有時坐在一、二號座位影響到駕駛員時，司機才會不耐煩地出聲斥責，但我想車掌的最大任務，除了協助司機外，主要還是能在車子開行後控制車內的秩序。

最後說到車輛服務，目前臺汽約有一千多輛國光號及中興號行走於高速公路，但因爲要負擔服務路線，除車費較貴外，還常有供多於求或供不應求的脫序現象。最近報導，交通部將開放第二家民營客運公司——統聯，行駛高速公路四十條路線，臺汽臺鐵當然大聲聒噪，但我率先鼓掌，什麼黃金路線、服務路線，誰能夠服務民眾就應被合法化，我們每天睜一隻眼，閉一隻眼，讓「非法」遊覽車彌補「國光」與「中興」的不足，讓「非法」黃牛公然從西站把乘客拉走去坐野鷄車，並且代做臨時退票（也不知道爲什麼一點麻煩都沒有），我們視若無睹，遊覽車公然地在公路的出入口接客，並且說「趕快趕快，交通警察在看著呢！」

惟有趕快地把民營的客運組織起來才容易管理，惟有建立起公平的競爭制度才會讓沈睡的臺汽臺鐵醒轉過來，自安全、安靜與整潔的提升中，做到眞正的莊敬自強，爲國爭光。

一九八八年九月二十三日

有聲的中國

一九二七年二月十六日，魯迅在香港青年會演講，題目叫〈無聲的中國〉，內裏痛陳古文的陳舊，以及那些躲在象牙塔把文章當作古董的腐儒。無聲的中國，有兩種現象，尤其在二〇年代白話文新興、文言青黃不接，結果一是不懂得運用書寫文字，雖然會講說出來，結果仍是有聲等於無聲，另一則是把文字當作寶貝，像玩把戲似的，之乎者也，只有幾個人懂，結果也等於無聲。

可是最嚴重的沈默，卻是「我們受了損害、受了侮辱，總是不能說出些應說的話……民國以來，也還是誰也不作聲。反而在外國，倒常有說起中國的，但那都不是中國人自己的聲音，是別人的聲音。」

八〇年代的臺灣，知恥近勇，莊敬自強，聲音陡然洪亮起來，從街頭到立法院，從雜誌到報章，無論手寫或口講，每人都奮勇爭先，儼如一個有聲的中國。但是可惜中國的聲音，仍然是說給島內的中國人聽，並沒有說給世界聽，相反地，由於國家的開放，我們卻一面倒的聆聽世界各地的聲音。包括每年的諾貝爾獎花落誰家，奧斯卡的大獎頒給那個外國導演，我們竭力報導，眞可謂了無私心，永遠在替別人高興。除了每年難得一次的少棒青少棒等隊伍捧回的榮譽，我們仍然可以接受，雖然我們有王貞治或呂明賜在日本，但每一個全壘打都使我們歡呼和心跳；現今美國網球年輕華裔選手人才輩出，數年後我們亦必相繼報導他們的成就，但我們從沒有好好想一想，他們在那兒，並且代表了什麼。

什麼才是我們臺灣今日的光榮？爲什麼我們不能說給全世界聽？爲什麼我們的聲音在島內那麼嘩喧，在島外卻那麼微弱？從前無聲的中國，是文言與白話的遞變，今日有聲的中國，卻是說給國人大聲，說給世界無聲，難道這又是國語與外語的障礙？可是，世界的聲音，我們卻不遺餘力的爭相報導，我們布滿線眼，匯集各方翻譯精英，譬如最近國際筆會訪臺，我們翻譯和導介來訪各位要員的作品固是好事，姑不論該人在本國文壇價値爲何，至少他今後已可加上「作品被選譯成中文」一項，但什麼時候我們的作家出國訪問，分別造訪那些曾被我們服務過的作家們的國家，我們的作品是否會熱誠地被翻成英文、德文或者法文？我們不必如此勢利眼，希望投桃，人家即可報李，但我們不得不仔細思量，有聲的中國啊！如果我們每天均關起門來，在房子裏吵吵鬧鬧，並且擁有無數的國人聽眾，到頭來是否均像莎士比亞的馬白克，作出他那著名的獨白，人生不過是——

一個在舞臺上高談濶論
可憐的演員，
跟著便聽不見他了，
一切不過是痴人說夢，
充滿了聲音與憤怒，
卻沒有任何意義。

在世界的大舞臺上，我們究竟在扮演一個什麼角色？

一九八八年九月三十日

來去小鎮

小鎮不會變，變的是離開小鎮的人。

小鎮當然有小鎮的滄桑，樓房改建，飯店易手，年輕人到城裏唸書或就業；但是它的滄桑只是證明了它是活的整體，就像榮枯的春秋季節或是生老病死的生命規律，沒法停止，也無法挽留，但是本性不變。

一道流水，無論是滾滾大江或涓涓細流，無足損滅它流動的本性，我們看小鎮的滄桑亦是如此。無論橋梁道路，良田桑竹，它底變動，只有異鄉的武陵人才會詫異，生活在變動裏面的人，猶似朝花夕拾，大樹南柯，爲茶餘飯後綴補添增一頁頁的掌故。即使那些曾經離井別鄉在外打拚的年輕人，一旦歸來，只不過在掌故的典籍裏加添一則附註——某家少年郎當年出外，漂泊數載，或貧或富，或得意，或失歡，均不在話下。

我曾在中南部的一些小鎮裏看到我理想中的桃花源，甚至有一次在北海岸深山中的一家種茶植菇人家，我都懷著一股濃烈的小鎭憧憬。生逢亂世，雖不及上一代抗戰內亂的顚沛流離，也不及年輕一代的安定逸樂，在生命無數次的遷徙與漂泊中，小鎭的形象，慢慢從幼年的童話演變爲中年的神話，而只能希冀於遙遠的老年，從身不由主的事業家庭中抽身而出，退隱於一小鎭，安度餘生。

然而小鎭最具誘惑的呼喚，卻是懷舊與回憶，種種的童年往事與戀戀風塵，而我最大的遺憾卻是懷舊的褪失。因爲我的童年在海外的一個小鎭度過，而我回去的次數越來越少，同時遷移的人亦越來越多，因爲心中另有所屬，對它的排拒性也越來越強，最近幾年，連家中的老屋也拆建了，留下來的，大概只有所謂心中的記憶罷了。

但是我在北部的小鎭住下來後，仍然有一種慰藉，一旦被郵局、銀行、菜市場、理髮廳、水果攤、書店或飮食店接受爲「一張臉孔」，便成了小鎭的一分子，這種歸屬感，是我一生最大的榮耀！也是我一生最大的成就！自後我的歸來與離去，對長居小鎭而互不相識的人並不重要，他們並不期待每天都碰到這張臉孔，一旦重逢，郵局小姐也許會問：

「最近出差了？」

而理髮廳的十號小姐依然會爲我理一個滿意的髮型。

一九八八年十月七日

誠實的勇氣

一瞬的電光火石，於是我看到他高舉手臂，伸出他天下第一的食指，轉頭看到左邊對手那一臉失敗茫然的表情，在眾聲歡呼與驚嘆中，勝利充滿他的胸懷，他向全世界展示他的自豪，並且承受全世界給他的光榮。這一剎那的榮耀，對他而言，粉身碎骨在所不惜。

一九八八年漢城奧運會，班強生以所向披靡的破世界紀錄在一百公尺田徑賽跑裏，擊敗了強悍的對手卡爾・路易士。

一九八八年漢城奧運會，班強生向全世界宣布他不是英雄的英雄，而是懦夫的懦夫。

因爲他犯了天下之大忌，偷服禁藥，利用組成代謝類固醇的藥效，急速加強肌肉纖維組織，終於在勝利的一個半小時後，被奧委會醫藥小組在檢驗尿液中測出藥性，宣布取消他獲勝資格。在無窮羞愧中，班強生急速收拾行李，返回加拿大，數星期前他曾是加拿大的國寶，今日他成了加拿大的國恥。

其實早在兩年前，他已經開始發覺自己的實力在倒退，當然，他仍然是一百公尺世界紀錄的保持人，因為他曾跑出九秒八的紀錄，至今無人能破。但是近年來他每下愈況，更曾敗於他最不服氣的對手卡爾・路易士手下，他心裏應該明白，一百公尺本來就已經是人類速度潛能的最大挑戰，亦是人類體能所發展的最大極限；他無法突破，或甚至開始退化，這是一個英雄所經常無法接受的現實。

他也應該知道，憑藉藥物的功效（過去運動家屢試不爽），他可以重振昔日雄風，但他更應知道，此類藥品早已被列為禁藥，所有運動員一被發覺，立即被撤銷資格。

但是他仍然決定這樣做，而這樣決定，絕對不是一時三刻的決定，絕對經過熟思遠慮，而清楚了解一切他所面臨的後果。

而他的後果是什麼呢？據初步統計，他至少要損失三百萬美元的收入，其中二百四十萬是與一家義大利球鞋公司簽下的四年合約，還有數達六十多萬與運動製衣公司的合約，所有合同內都曾聲明，如果一旦發覺他與使用禁藥有關，所有合同均自動撤銷無效。他尚要被奧運會懲罰禁賽兩年，兩年後他仍然不能代表加拿大參加下一屆在西班牙的奧運。他甚至一回到加拿大，便會被吊銷加拿大政府給予國家運動員每月八百元的生活補助。

所有這些後果，都是不誠實的代價，一世英雄如班強生，為什麼沒有誠實的勇氣？

因爲在他如豹的肌肉，如炬的目光底下，隱藏著一顆怯懦的心。

這顆怯懦的心就是不肯承認挫敗，接受挫敗。而且人性最大的弱點，就是貪圖某一刹那的占有與征服，甚至願意日後空留碧海青天，夜夜懊悔的心。

我不知道狂妄如班強生的人會不會懊悔，他回國後的言行，令人困擾，因爲他堅持「我打倒了卡爾・路易士，這是最重要的，我拿到了奧運金牌，這也是事實，其他我不欲置論。」

其實，他並沒有打倒卡爾・路易士，他被自己心內好勝的惡魔打倒了。他也沒有拿到金牌，因爲天下第一，不是自己封的，是要全世界的人承認的。

他甚至必須承受天下給予他的否定，直到有一天，他能拿出他誠實的勇氣，苦練有成，向天下證明他仍是天下第一。但如前所云，向人體極限的挑戰，在一個運動員黃金的青春裏，一縱即逝，看來他已沒有機會再次證明他的誠實，雖然這並不證明他沒有承認他失敗的勇氣。

一九八八年十月二十一日

雲無心而出岫

——談宋雅姿《坐看雲起時》

世間的道理，有艱深苦澀，有顯淺易懂，但其中的分明，只是在認知過程裏所遭逢到或大或小的障礙，一旦得知，則道理只有一種，無分大小顯密。

可是我們究竟「知」了多少？我們認知以後，就是全部的「知」了嗎？抑或道理根本是不可知的，而即使可知，也是不可說之而知。而我們所謂的知，其實只是不可知裏面一小部分的知；我們所謂的話，只是儘量去說出不可說裏的一小部分的話。

所以世間眞相呈現，仍然是希望從知去得知未知，從說去說出未可說，佛陀在《金剛經》裏就不斷運用世界與微塵的「假有」，去爲弟子闡釋世界與微塵的「眞無」。

宋雅姿的《坐看雲起時》，就是利用世間種種的「有」相，去深入淺出的說明「空」的大道。

而她處世之態度無疑是樂觀而進取的，她沒有把人帶領從「無」步入虛無與幻滅；相反，她每一種「無」的解釋，都是朝向一種哲理性的肯定，進入生命的超越與解脫。這種樂觀進取的人生，無疑是對當今充滿焦慮與不安的社會下一服清涼劑。她不迷於說教，往往佛教教義的運用，只是進一步提示出道理的另一面解釋；而世間煩惱，皆來自心，所以宋雅姿特別重視心的處理，是吉是凶，是福是禍，端視乎一心的運用──哭婆變笑婆，哲者在水中浮沈，有發菩薩願救世之心的和尚，也有懺悔慚愧之心的禪師，更有不比較不計較之心的凡人。從前唐朝石頭希遷和尚有一帖心藥十味之方，今日宋雅姿的百般訴說，亦是百服安心良方；而心靜心動，正是應了一句「榮的任他榮，枯的任他枯。」

這本文集的文章大都來自年來宋雅姿在《中央日報》國際版撰寫的「生活筆記」專欄。我識雅姿，並非始自臺北梅村，而早自在洛杉磯時，就開始閱讀她在中央日報國際版〈繽紛〉內的每一篇文章。一種智慧煥然的光芒，卓然異於同版出現的其他文章，並且把〈繽紛〉提升向高尚的哲理世界。我最不能忘懷一次閱到〈情困〉的一篇，內裏釋迦對弟子說：

> 在遙遠的過去，在無數次的生涯中，人們不知反覆多少次遇到過父母、孩子、親屬、朋友及愛人的生離死別，為此含悲所流的淚，縱使四個大海的總水量也不能相比啊！

不禁掩報泫然，這些令人難以自拔的困境及深奧道理，就那麼淸淸淺淺地讓雅姿說出來了，並且給我帶來一種事後的釋然。

雲無心而出岫，每一篇宋雅姿的文章都像隨手拈來，而道理又說得恰到好處，尤其對我這類愚頑痴迷的人，更能引起某些日常生活性的鎭靜作用。我覺得她在個人無心之間，已做到天下有心人想做的事了。

一九八八年八月十四

大聲公

臺大校園對面，在新生南路那邊，有一廣東飯店，名叫「大聲公」，招牌雖不算響亮，但算來也是幾十年的老店了。我對其菜色印象平平，倒是對其店名印象深刻，因爲以廣告而言，其效果貴在能單刀直入，動人心弦，使人容易牢記。雖然「大聲」在廣東話而言，並非盡善盡美，「聲大夾惡」指窮凶極惡，「大聲夾唔準」表示做事雷聲大，卻小雨點般漫無標準。當然，大聲公多指聲音嘹亮，中氣十足的男人，廣東涼茶店多喜以此爲名。

從大聲公，開始聯想到臺北種種聲音，上次寫了一篇〈有聲的中國〉，大概中國人在二十世紀覺醒後，便對聲音著迷，雖說聲音傳不到世界各地，但國人卻可真不遺餘力讓同胞們聽到彼此的聲音。我曾跑過世界不少都市，但以都市噪音而言，臺北當可位列前茅而無愧。

如果諸君有幸，住在較爲清靜的住宅區，則晚上尚堪安寧，萬一不幸，住宅區後面的巷子，是餐廳飯店安放排油煙機或冷卻水塔的話，那麼整日便有如身處大戰之攻擊與空襲，轟隆之聲響徹耳際，終日不息；有一位住在統領商圈的市民曾經向報章反映，指出敦化南路附近餐廳、營業場所林立，而它們所使用的大型冷卻水塔，卻環繞住宅放置，全天候運轉，震耳欲聾永無止歇，尤其是年久失修的機器，更是加倍困擾。

據說環保局無能爲力，營業場所屬建設局，如屬違章建築，則又屬建管處。總之，這是臺灣最普遍而爲人詬病的官僚制度，上行下效，其中又以公務員中的小官僚最爲可惡，小市民任其擺布，飽受其欺負，因不屬此文範圍，日後當另文再述。

余生有幸，未居住在噪音汚染的市內，但以南北兩地的近郊而言，一天的聲音卻並不好受。通常清晨能把我吵醒的不是鳥聲，而是各路英雌英雄送報的摩托車聲，大巷小巷，左彎右拐，長停短停，摩托車聲永不停息。接著零散的叫賣聲疏落響起，聽似遠去，卻又陰魂不散，去而復來，現代科技對人類文明的負面，在此表露無遺。因爲這些叫賣聲，並非來自中氣十足的大聲公，而是來自錄音的播音器，正是「聲大夾惡」，「大聲夾唔準」。

播音器是噪音汚染的禍首，但是有啥辦法？我們的國民小學一到時間，便開始播唱國歌、國旗歌，包括向國父遺像行三鞠躬禮的廣播，我不知道爲什麼要用播音器，如果必須用播音器來作音樂背景的話，爲什麼要放得那麼大聲，大聲到好像要讓校外的每一市民都聽到而去愛國似的。既然是愛國，那也罷了，最沒道理是一大早殯葬時播放的流行歌曲，吵耳欲聾，好像要全世界的人都知道他死了老母似的，好像無此不足以顯示他的哀痛。但仔細一想，又有點荒謬，如他眞的死了老母，和別人又有什麼相干？這類噪音，屬冥頑不靈之類。

另一類屬旋風式噪音，驀然一系列車子從指南宮的山路直衝而下，鑼鼓喧天，自然科技性的播音器更是少不了，一路絕塵而去，去到那兒就吵到那兒。

另一種爲神經質噪音，無論過年或過節，或不年不節，而純屬私人理由，鞭炮是隨時而放，隨地而響，一陣鞭炮聲過，有時是半夜十二時，有時是凌晨四時，常常你會自夢中驚醒，不知身在何方，今夕何夕。

最難耐的可算是街頭藝術性噪音，一場歌仔野臺戲，固有人山人海時，但也有小貓三、四之夜，無論如何，聲音絕不妥協，有那麼大聲就放那麼大聲，而且持續一個晚上，即使不算絕藝，也算得是絕響了。

也有煮鶴焚琴的噪聲，有次一大早的清晨五時多，我和余光中、王慶華等遊澄清湖，一個是詩人，一個是攝影藝術家，再加清晨綻開的睡蓮，十里荷香的碧綠田田，遠處白鷺飛來，荷塘游魚曼衍，遠山近水，正應得上詩情畫意，不意遠處忽地有響亮的播音傳來，打破好不容易才培養出來的整體藝術寧靜情緒，原來是救國團播音在找人。

最後是那些破釜沈舟的噪音，今年八月底的清晨在木柵忽地被一陣伐木丁丁吵醒，釘木搬土，可謂百無禁忌，正是你睡你覺，我做我事。究其原因，原來臺北市政府新規定，八月三十一日後禁止在頂樓加建，於是家家戶戶爲趕截限時間，拚命趕建，自然管不上是什麼時候了。

如此變相的大聲公，又有何用？惡人告狀，良民雖敗，勝之不武。

一九八八年十月二十八日

一個消防員之死

一九四九年，亞瑟・米勒的《一個推銷員之死》在百老匯上演，從此奠定該劇爲二十世紀經典之作，推銷員不但爲二十世紀虛假價值觀所矇騙，到了發覺他再已無剩餘價值後，大老闆不要他，兒子又不能幫助他，在絕望中他撞車自殺，結束了他沒沒無聞的一生。

一九八八年，臺北的一個消防員死了，和年老的推銷員相反，他非常年輕；美國的威利・羅門六十三歲，臺北的消防員只有二十六歲，而且他一生充滿希望，社會沒有遺棄他，消防大隊的隊友愛護他，女朋友也愛他。

但是他死了，死在日前奮勇灌救「文化城」理髮廳的火警裏。

想來軍人以服從爲天職，消防員也必當如是吧，但軍人爲正義而戰，爲捍衛國家而殉身，自是死有重於泰山，但一個爲人所詬病的色情建築，並且內有一百多名理髮小姐的所謂「文化城」，我們不禁沈思，如此的犧牲究竟證明了些什麼？一個消防員的忠於職守？他的勇毅？或是他的服從？

魯迅在一篇名叫〈對於戰爭的祈禱〉的讀書心得裏，述及讀到一本很有幾句「警句」的閒書，內裏有如下的一段「警句」：

「喂，排長，我們到底上那裏去喲？」——其中一個問。

「走吧。我也不曉得。」

「丟那媽，死光就算了，走什麼！」

「不要吵，服從命令！」

「丟那媽的命令！」

然而丟那媽歸丟那媽，命令還是命令，走也當然還是走，在四點鐘的時候，中山路遂復歸沈靜，風和葉兒沙沙地響，月亮躲在青灰的雲海裏，睡著，依舊不管人類的事。

這樣，十九路軍向西退去。

魯迅跟著作了一段評注：「什麼時候『丟他媽』和『命令』不是這樣各歸各，那就得救了。」

讀到這裏，我一時技癢，也想朝花夕拾，舊文改寫如下一段故事：

「喂，大隊長，我們到底要不要救火喲？」——其中一個問。

「救吧。我也不曉得。」

「幹伊娘，死光就算了，救什麼！」

「不要吵，服從命令！」

「幹伊娘的命令！」

然而幹伊娘歸幹伊娘，命令還是命令，救也當然還是救，在四點鐘的時候，健康路遂歸沈靜，風和葉兒沙沙地響，月亮躲在青灰的雲海裏，睡著，依舊不管人類的事。

這樣，消防大隊向文化城救火去。

什麼時候「幹伊娘」和「命令」不是這樣各歸各，那就得救了。

一九八八年十一月十日

水果攤前的重逢

凡是在六〇年代木柵政大唸書的人，都會記得學校後門對街的一個小水果攤，雖然門面不大，但由於賣水果的兩位姐妹青春年少，與學生們卻倒熟絡，也有一些買水果不在乎吃水果的男生，每日成爲攤子的常客。據說後來姐姐倒眞的嫁到馬來亞去了，但自從我畢業後，長年漂泊在外，這類掌故，大概只有詢之於老木柵如尉天驄等，才得聞其詳。但每次與他聚談，家國之事倒似燃眉之急，雖有閒言桑麻之時，卻那會想到要詢及與己毫不相干的水果攤子的下落？因爲過了幾年，後門對街的商店大都易手，水果攤子固然不見，當年和林懷民召開的饕餮大會的山東餃子館也蕩然無存，一系列的景物只存在於一時期的記憶，而記憶像一捲底片，所有圖像躲在陰暗的角落，除非立定決心要拿出來翻洗，不然在燈光顯示下依然是朦朧的人像，在沒有動作下的靜止狀態。

今年春天，我開始在木柵住下來，每天仍然擺脫不了在外邊吃飯後買水果回家的習慣。

化南新村出來的巷子有一家很好的廣東燒臘店，對面就有一家水果攤，而在一個偶然的機緣，竟然發覺水果攤的店家就是當年後門對街水果攤子的妹妹。

我記名字的本領不錯，但認人的功夫卻出奇的差勁，常常遭受老朋友的責怪不在話下。這次，我依然沒有把她認出來，倒是她端詳一會，認出了我，試探性的問一句：

「你回來啦？」

我順口地應了一聲，但直覺反應上總覺得面善，終於在她臉上的輪廓，找回一些流逝的往昔，當時的感覺是——陡然一陣腸熱。

「聽說妳姐姐嫁到外地去了，怎麼妳會在這兒？」

接著是一陣零碎而客套的交談，無非是成家沒有，兒女若干之類。

猶似舊夢重溫一般，買一片西瓜，就回村子去了。

闊隔足足有二十年，如此的重逢，雖然沒有戲劇性般像魯迅在《祝福》中重逢祥林嫂，也沒有非戲劇性般在《在酒樓中》重逢呂緯甫，但看來已經是模糊景物記憶的底片，卻「咔嚓」一聲像幻燈片映在心中的畫幕上，充滿了色彩與聲音，鮮紅的西瓜，淡黃的楊桃，碧綠的番石榴，還有，一連串年輕人的笑聲，包括我的。

一九八八年十一月十八日

三種感動

人生自有無數感動，然而大小深淺，各人感受不同，也無從比較。記得從前讀朱光潛一篇散文，就叫做〈我們對於一棵古松的三種態度〉，雖是同一棵松樹，但看的人卻有實用的、科學的，和美感的三種態度，而且情境與性格的差異，都能影響到觀看事物的面目；其實感動又何嘗不如此？心境有差異，感動也隨著主觀的心情而變動。

而我底感動，往往來自驀然底一剎那。

那一次，聶華苓和安格爾夫婦來臺，在耕莘文教院，華苓演講，保爾朗誦他的詩，完畢以後，就在掌聲響起時，一個中年男子拿著一束玫瑰走到臺前，獻給安格爾夫婦。我因為也在臺上，聽得很清楚，那個中年男子自我介紹，是愛荷華大學畢業回國就業的，因為是校友，同時也敬慕他們夫婦在美替中國爭光，特地趕來聆聽及獻花，我看到華苓開始時臉上茫然，顯然不大認識這位男士，但繼而欣然接受花束，接受這份榮耀和祝福。

那時我心中升起一種感動，漂泊異鄉多年，而能有此一份回報，自一個陌生人手中接受那種肯定與溫暖，也算得是無憾而值得自豪了。

今年夏天我跑去高雄中山大學客座，碰到一羣樸實純潔而用功的研究生。其實讀到了研究所，用功不用功，各自修行，何日得成正果，卻是自己本身造化，倒是他們樸實純潔的言行舉止，讓我感動。每次下課，我未起身離開，他們端坐椅中，不敢移動，有時即使是短休亦如此，本來如此拘謹的行動，今日已不大合時宜，想我定是平日尊師重道慣了，以己待人，亦望人以此待己。我早晨喉嚨乾燥，素喜攜一杯水或茶上課，過了一星期，每次上課，桌上總已放好一杯茶，每次如此，未嘗有缺。我口雖不言，心中確實感動，本來看似小事，在尊師的中國本該如此，但我在外鄉書劍飄零，師生之間早已無甚期望，一旦回來，感動之餘，卻有湧泉以報之意。

他們最初對我頗爲敬畏，這點我倒習慣；我對自己也有三種態度的內省，自以爲對，說出來倒不知對不對。平日在外不喜多言，授課亦如此，故有一種霜意。平日授武，師徒之間嚴規循矩，追隨有序，常有一種凛然。中年以後，滄桑之餘，對人對事，卻有一種漠然。實是如此，並非故意如此，所以我在午間主動和他們去吃自助餐，幾次後倒算熟絡了。

有一次飯後和他們到鼓山市場買水果，轉角處正待購買，他們大叫「老師不要買！」我倒吃了一驚。原來據云靠近大街的攤子水果的價錢比較昂貴，於是深入市場再買。待我買了兩大袋龍眼回來時，又一再追問一斤多少錢，得知三十塊錢一斤時，一個馬上說上次買才二十五塊，另一個又說在她家附近才二十塊，惋惜之意，溢於言表，倒似如果我多花了錢，卻是他們罪過似的。其實我無五花馬，亦無千金裘，更沒有千金可散盡，但年來白經憂患，人事之間，自無到有，自有到無，身邊雖無甚錢財可花，卻可說得是用之無懼而泰然，但此情此境，人性的關懷，令我湧然一陣感動，久不釋然。

令我感動的還有一次在淡水的文藝營，已經八月底了，我亦準備束裝赴美，在演講完畢、發問完畢，有人忽然如此相詢：我們什麼時候在你離開前會有機會在那兒聽到你的另一個演講？如此的一個令我手足無措的問題，眞比什麼文學理論都難回答。這兒本來就是我的地方，我的歸宿啊，既承不棄，自當粉身，但形勢如此，夫復何言？這一份黯然，可說得是泫然的感動了。

一九八八年十一月二十五日

談〈四喜憂國〉

〈四喜憂國〉是張大春近年得意的短篇，其實打從〈雞翎圖〉開始，那種大陸官兵來臺而白髮終老他鄉的外省人身分，以及他們終身的漂泊無依，在〈將軍碑〉及〈四喜憂國〉這些中篇或短篇裏均表露無遺，自成一系列小說。尤其在當今大樹凋零，將軍老去的臺灣，更自拔起一種蒼涼之氣，所以無論手法是喜劇性或悲劇性、現實或是超現實，其結果都是一樣——上天不仁，以萬物爲芻狗，而即使是芻狗，因爲其本身的存在，有著它們不可屈辱的尊嚴！

四喜，人名，退役老兵身分，有似老莫或老李，娶山地女人爲妻，住違章建築的大雜院。雖說四喜爲名，並非有似良辰美景，賞心樂事的「四美」，然村塾課本的四喜詩亦有謂「久旱逢甘雨，他鄉遇故知，洞房花燭夜，金榜掛名時」，觀諸四喜一生，亦不過如此，雖非盡似詩中成就，然他開始的讀書認字，開拓了他一生的幻想底追求與實踐，亦算是久旱甘雨。得遇楊人龍，他鄉故知，亦成了他日後的「超自我」(superego)。娶山地女人古蘭花，生來福、來財、來壽，算得洞房燭夜。然後雖未金榜題名，但「四喜文告」卻成了他一生唐吉訶德式的理想，所以，以四「喜」而「憂」國，我們看到最基本喜劇中的「不相稱」(incongruity)。

因為，朱四喜到底是一個小人物，他的「文告」，和總統的「告全國軍民同胞書」，實在不可同日而語；然而，偉人有偉大的語言與抱負，小人物又何嘗不可擁有渺小的語言與小抱負。他的愚騃，以及對世界種種的無知，都在他憂國憂民拚命書寫的文告下受到我們的憐憫與尊敬，這是喜劇的智慧——笑盡蒼生，笑不倒人的尊嚴。

在日漸追求本土典型人物的努力裏，我十分高興看到張大春在這方面的努力，突出外省人在本土丕變的過程與典型。我尤其高興能藉著把他這篇小說翻譯成英文的機會，細緻地欣賞他活潑的語言以及在語言功能下顯露出的高度動作性，這是和平常一般閱讀的感受有所不同的。

一九八八年十二月八日

中國油瓶

我在大學的時候，因爲在宿舍或是文藝活動裏，都常和一些馬來西亞僑生來往，尤其是「星座」詩社的階段，林綠及王潤華等人都來自星馬，所以很多人都誤會我是馬來亞僑生。譬如洛夫，一直如此想，直到近年來始才「發覺」眞相，恍然大悟的說：「我怎知道，我一直以爲你們是一夥的。」我自己視爲奇恥大辱，但又無法「洗脫」，到處宣稱我不是馬來亞僑生。因爲我的否定，不是對我上面的兩位星馬老朋友有什麼偏見，而是我對馬來西亞華人的心態深惡痛絕，我甚至有一次在第五宿舍和我同房而比我高大的馬來亞僑生大打出手，原因無他，只因他不承認自己是中國人。他是「華人」、馬來亞的中國人，不是中國的中國人，他甚至可以說，他是華籍人士，而不是中國人，他的華籍，和馬來亞的其他種族如印度人、馬來人一樣，雖然他可以說華語，就像他們說印度語或馬來語一樣，但他絕對不是中國人。這種似是而非的邏輯，年輕的我當然一句也聽不進去，越說越僵，而我的韓國僑生同學又跑來助陣，一對一，馬來華人當然知趣，棄甲曳兵。這點我非常喜歡我的韓國朋友，他們像馬來華人一樣，拿外國護照回我們臺灣唸書，但一談到民族大義，他們馬上拍響胸膛做一個堂堂正正的中國人。

事隔良久，今年五月我有機會到新加坡一趟，更加增我對這地區與海外華人的了解，觀念開始作了調整，爲他們國家苦，也爲自己國家悲。

本來華人徙居海外，胼手胝足，無非想他年告老，早返唐山，但物換星移，很多也就落籍本地成家了。雖在異地，但他們仍保留自己家鄉的語言傳統習俗，子孫相傳，這種現象以馬來西亞較新加坡尤甚，華文教育也發展得較好。但自從星馬分別立國以後，民族主義情緒高漲，但又不能拋掉傳統的母性文化，這種矛盾，英明如李光耀，亦只好決定不能做兩個中國以外的第三個中國，而以英文爲法定的第一語言。華文教育亦作調整居第二位，而種種細節措施不必在此細述；同樣，馬來西亞亦然。

老華僑無法改變他們的背景，生爲中國人、死爲中國人，理所當然，什麼刑法也改變不了。但二十多年前開始，年輕的星馬華人便經歷著一種奇妙的變化，就像我前面的那位馬來僑生，擺明是「回國」升學，卻不承認自己是中國人，他們常操著流利而卻又文法不對、發音不純的高半音英語，在我唸書那時，唬得臺生們一愣一愣的，其實我心裏非常明白，他的國語實在比他的英文好得多和純正得多。這位馬來僑生回臺升學的心理非常奇妙，他像一個中國棄兒，一旦錦衣返鄉，卻又不甘認同，而偏要口作胡人語，以示不同。

我最痛快的經驗是上紐李琳老師的大二散文課時，因爲是外文系必修，當然是羣賢畢集，包括各地僑生。第一天上課時，短小精悍的紐教授坐在高高的講臺，第一句話就是叫全班的僑生統統站起來，然後詞嚴色厲把這批人斥責一番。她一口漂亮的英語我已記不清楚是怎樣痛罵了，但我記得很清楚，她這樣說，不要以爲你們是僑生，可能有多一點接觸外語的關係，英語就比別人好，其實，你們距離講和寫得好的英語，相差何只十萬八千里？有時，你們的英語造詣比一個臺生還差哩。說畢，再命大家坐下，我當時心中大快，雖然，我不斷爲韓國僑生和越南僑生叫屈，他們從來沒有想到英語會比別人好。

有一個母親和兩個父親，雖然牙牙細學後父的胡人語，但總隔一層，這就是新加坡的英文創作面臨瓶頸狀態，無法突破與當代英語文字頡頏相比，爲什麼？

沒有爲什麼？後父養的。

一九八八年十二月二日

隱沒的大樹

我讀到周世輔先生逝世的消息，應該是在一九八八年十一月間的洛城。洛城入冬仍溫暖如春，但記得當時心中有一陣寒意的黯然，一句老話悠然升自心底——哲人其萎，說得比較明白一點，當時心裏的確這般的想——又弱了一個了。這種心情，亦大概只能用另一句老話來概括——將軍老去，大樹飄零。

世輔先生不是武官，但卻是讀書人中的大將軍，他有一種凜然剛烈的氣度，令人自然敬畏，但是他又有一顆溫煦的心，讓人感到信賴而可以親近。我沒有太多的機會親近周先生，因爲那時他是政大的訓導長，我還是未出茅廬的大學生，而我亦非專攻三民主義，但在有限的幾面之緣裏，令我畢生崇敬。我是文人，敬重氣度；我也是武人，崇尚氣節，周先生是我所見到氣度氣節兼容的人。

今年三月，新聞局安排作家往大雪山旅遊，在鞍馬山莊的一個寒夜，我曾和邵玉銘局長把酒圍爐夜談。邵局長出身政大外交系，比我高出兩屆，雖不同系但也是我的學長，而且他對聞一多也素有研究，那晚和他縱論政大英雄，覺得六〇年代的政治大學，可謂臥虎藏龍，隱伏在教授羣中的賢能之士，不可勝數，在我而言，亦深具同感。我在西語系受紐李琳、馬國驥、徐可熛等教授的陶冶，在中文系聽盧元駿先生的宋詞元曲，並與尉天驄相交；雖然沒有選讀世輔先生的課，但是我聽過他談的三民主義，而他說的又是和我在大一時必修的《三民主義》多麼的不一樣，我也曾因辦校內刊物在訓導處和他談話，他率直誠懇的讀書人氣質讓我油生敬佩。

但是我又同時聯想到很多事情。馬國驥老師逝世，孑然一人，還是我在馬偕醫院為他老人家送終；紐李琳老師孤僻獨來獨往的性格，我還記得她家中的大狼狗；孟十還教授跑來西語系開俄國文學的課，結果因為選修人數不够而被迫取消……而今這些人全都不在了，現在，包括周世輔先生。

及至今年初我在政大客座，與周玉山訂交，玉山兄是世輔先生的公子——玉樹臨風，又治五四新文學，我與他親近，自有將門之後的感覺。人生本來就是後浪推前浪，這種顚撲不破的道理，從周世輔先生的仙逝，以及玉山兄的成長，又一次給我深深的印證。

十二月份的臺北朔寒風澈，使我頭腦格外清醒，而特別鞭策自己書寫此文，雖嫌為時稍晚，但也是我一份誠敬的心意。

一九八八年十二月二十三日

人生無結局

詩的最後一句，散文的最後一行，小說最後的悲離與歡合，都有一種結局，惟有人生沒有結局；詩以感嘆終場，散文以飄逸結尾，小說更以高潮後的迴盪令人掩卷，但是人生並非盡如戲劇，因爲容或它有悲歡劇的情節，或是小說技巧中的起承轉合，但它的發展卻超越了所有文類的篇幅，我們可以這樣說，人生的詩並非完結於最後一行，人生的戲劇或小說，結局並非五幕或中短篇所能概括。

人生本來就是一連串事件的發生與延續，從生到死的過程裏，即使在哲學或神學的詮釋，我們都不能簡括的以生爲開始，以死爲終結，莊子的蝴蝶，十七世紀的德國浪漫主義，都常視死亡爲生命的延伸，而不是終結，可是詩，無論是三行的俳句，或是百行的史詩，小說的極短篇或鉅製，它們都必須從無數事件的發生中追求最後唯一的結局，這是文學的形式，也是它全部的內容。

但人生的結局並非如此。

記得小時候看過一套感動而深刻的電影，一直迴旋在腦海歷久不散，長大後每思之均未能釋然，那是一套普通敍說大戰時征人未歸，妻子歷盡千辛萬苦而仍倚門佇望的外國電影，後來當兵的丈夫更被日本軍隊俘虜了，長久的期待，與生活的煎熬，一直到把戲劇推向緩慢沈重的高潮，直至大戰告終，盟軍勝利，妻子接到丈夫歸來的訊息，那一天終於來到了，妻子在門廊遠遠看到丈夫拿著拐杖從遠處的山路蹣跚走來，她奔去相迎，滿眶淚水與狂喜，待至走近要投入夢寐多年的愛人懷抱時，鏡頭驀然一轉，投向丈夫的下肢，原來他的雙腿都沒有了，乍然的喜悅化作震驚，繼而憐疼，繼而勇敢的相擁，使戲劇達到它本身最大的張力與高峰，令人泫然感動。

記得小時候，就懷著這麼一眶感動的眼淚回家了。

但是人長大後，思索的問題越來越多，其中一個難以分解，就是這套電影的結局。相逢以後，擁抱以後，所有一切文學作品裏悲歡離合的結局，是否就是人生的結局？殘廢了的退伍軍人會怎樣適應他的生活？他的種種心理與生理是否平衡？妻子等到丈夫回來後是否便再無困擾？一切一切的問題，在文學作品的篇幅告終時便以結局代表一切懸疑，讀者或觀眾則以接受這結局爲最終目的，無論懷著悲劇的洗滌，或喜劇的智慧，心安理得地告一段落。

但是人生的落葉飛花，冬盡春來，卻持續演變不停，重逢之後仍有分手，擁抱之後仍有別離，我們卻常常迷離小說或戲劇的情節，逗留於大團圓的狂喜或分手的悲哀，殊不知團圓與分手，皆是人生無數無窮的結局中的小結局，而悲哀就悲哀在我們是局中人，在命運之神的手裏寫成一篇篇感人的戲劇性結局，而觀眾——卻是留在遠遠的席位而恆讓我們無法了解及忽視的現實！

一九八九年一月二十日

三民叢刊書目

㉒海天集　莊信正著

㉓日本式心靈・文化與社會散論　李永熾著

㉔臺灣文學風貌　李瑞騰著

㉕干儛集　黃翰荻著

㉖作家與作品　謝冰瑩著

㉗冰瑩書信　謝冰瑩著

㉘冰瑩遊記　謝冰瑩著

㉙冰瑩憶往　謝冰瑩著

㉚冰瑩懷舊　謝冰瑩著

㉛與世界文壇對話　鄭樹森著

㉜捉狂下的興嘆　南方朔著

㉝猶記風吹水上鱗・錢穆與現代中國學術　余英時著

㉞形象與言語・西方現代藝術評論文集　李明明著

㉟紅學論集　潘重規著

㊱憂鬱與狂熱　孫瑋芒著

㊲黃昏過客　沙究著

㊳帶詩蹺課去　徐望雲著

㊴走出銅像國　龔鵬程著

㊵伴我半世紀的那把琴　鄧昌國著

㊶深層思考與思考深層・轉型期國際政治的觀察　劉必榮著

㊷瞬間　周志文著

㊸兩岸迷宮遊戲　楊渡著

㊹德國問題與歐洲秩序　彭滂沱著

㊺文學關懷　李瑞騰著

㊻未能忘情　劉紹銘著

㊼發展路上艱難多　孫震著

㊽胡適叢論　周質平著

㊾水與水神・中國的民俗與人文　王孝廉著

㊿由英雄的人到人的泯滅・法國當代文學論集　金恆杰著

(51)重商主義的窘境　賴建誠著

(52)中國文化與現代變遷　余英時著

(53)橡溪雜拾　思果著

- ㊴統一後的德國　郭恆鈺主編
- ㊵愛盧談文學　黃永武著
- ㊶南十字星座　呂大明著
- ㊷重疊的足跡　韓　秀著
- ㊸書鄉長短調　黃碧端著
- ㊹愛情・仇恨・政治　・漢姆雷特專論及其他　朱立民著
- ㊺蝴蝶球傳奇　・真實與虛構　顏匯增著
- ㊻文化啓示錄　南方朔著
- ㊼日本這個國家　章　陸著
- ㊽在沉寂與鼎沸之間　黃碧端著
- ㊾民主與兩岸動向　余英時著
- ㊿靈魂的按摩　劉紹銘著
- (66)迎向眾聲　・八〇年代臺灣文化情境觀察　向　陽著
- (67)蛻變中的臺灣經濟　于宗先著
- (68)從現代到當代　鄭樹森著
- (69)嚴肅的遊戲　・當代文藝訪談錄　楊錦郁著
- (70)甜鹹酸梅　向　明著
- (71)楓　香　黃國彬著
- (72)日本深層　齊　濤著
- (73)美麗的負荷　封德屏著
- (74)現代文明的隱者　周陽山著
- (75)煙火與噴泉　白　靈著
- (76)七十浮跡　・生活體驗與思考　項退結著
- (77)永恆的彩虹　小　民著
- (78)情繫一環　梁錫華著
- (79)遠山一抹　思　果著
- (80)尋找希望的星空　呂大明著
- (81)領養一株雲杉　黃文範著
- (82)浮世情懷　劉安諾著
- (83)天涯長青　趙淑俠著
- (84)文學札記　黃國彬著

⑧⑤ 訪草（第二卷）

陳冠學 著

本書是作者於田園生活中所見所感之作，內有田園意，有家居圖，有專寫田園聲光、哲理的卷軸。喜愛大自然田園清新景象的讀者，將可從中獲得一份未曾預期的驚喜與滿足；另有一小部分有關人性與人生哲理的文字，則會句句印入您的心底。

⑧⑥ 藍色的斷想

·孤獨者隨想錄 ABC全卷

陳冠學 著

本書是作者暫離大自然和田園，帶著深沉的憂鬱面對人世之作。一路上你將有許多領略與感觸，時或有天光爆破的驚喜；但多數時候，你的心頭將披著一襲輕愁，甚或覆著一領悲情。這是悲觀哲學，卻是被熱情、關心與希望融化了的悲觀哲學。

⑧⑦ 追不回的永恆

彭歌 著

本書是《聯合報》副刊上「三三草」專欄的結集。作者以其犀利的筆鋒，對種種社會現象痛下針砭，冀望這些警世的短文，能如暮鼓晨鐘般，在這變亂紛乘的時代，起著振聾發聵的作用。

⑧⑧ 紫水晶戒指

小民 著

俗世間的珍寶，有謂璀燦的鑽石碧玉，有謂顯榮的列鼎封侯。其實生活就是人生最美的寶物，不假外求。非常喜愛紫色的小民女士，以她一貫親切、自然的文筆，輯選出這本小品，好比美麗的紫色禮物，要獻給愛好文學也愛好生活的您。

⑧⑨心路的嬉逐

劉延湘　著

本書筆調清新幽默，論理深刻而又能落實於生活踐履。走一趟作者精心安排的「心路」之旅，您將莞爾一笑，心情頓時開朗。而您也將發現，原以爲只是一條山間小路，結果卻是風景優美、鳥語花香的舒坦大道。

⑨⓪情書外一章

韓秀　著

情與愛是人類謳歌不盡的永恆主題，它爲空虛貧乏的現代生活加添了無數的色彩。本書記錄下了作者在日常生活中感受到的親情、愛情、友情及故園情，在書中點滴的情感交流裏，在這些溫馨的文字中，我們是否也能試著尋回一些早已失去的東西。

⑨①情到深處

簡宛　著

本書是作者旅美二十五年後的第二十五本結集。身爲一個教育家，作者以其溫婉親切的筆調，寫出篇篇充滿溫情的佳構，不惟感動人心，亦復激勵人性。將愛、生活與學習確實的體驗，眞正感受到人生的有情，生命也因此生意盎然。

⑨②父女對話

陳冠學　著

一位老父與五歲幼女徜徉在山林之間，山林蓊鬱，山泉甘冽，這裡自有一份孤獨的甘美。本書是記述作者父女在人世僻靜的一個角落，過著遺世獨立的生活的文學畫。舉世滔滔，這應是一面明鏡，堪供讀者對照。

⑨③陳沖前傳

嚴歌苓 著

在好萊塢市場，多少人一夜成名直步青雲，又有多少人一朝雲中跌落從此絕跡銀海。身爲一個中國人，陳沖是經過多少奮鬥與波折，身爲一個聰慧多感的女子，她又是經過多少的心路激盪，才能處於這洶湧波滔中。本書將爲您娓娓道出陳沖的故事。

⑨④面壁笑人類

祖慰 著

本書是有「怪味小說派」之稱的大陸作家祖慰，在巴黎面壁五年悟得的佳構。他的散文神遊八荒，情貫萬里，將理性的思惟和非理性的激情雜揉一起。讀其作品旣能吸收大量的科普知識，又可汲取其飄逸文風的美感享受。

⑨⑤不老的詩心

夏鐵肩 著

夏先生一生從事文化工作，大半心力都用在鼓勵培植有潛能的青年人，助他們走上文學貢獻之路。而他本身亦創作出不少的長短佳文。本書收錄計有：詩詞小品、散文、方塊評論等。作者一顆不老的詩心，洋溢在篇篇佳構中。

⑨⑥雲霧之國

合山究 著

使中國風土之特殊性獨具一格的，與其說是天地的廣大，不如說是因塵埃、雲煙等而爲之朦朦朧朧的自然空間吧！精氣、神仙、老莊、龍、山水畫、奇書等，其產生是有如何玄妙的根源啊！就以「雲霧」爲起點，讓我們一起走進這美麗幻夢般的世界。

⑨⑦ 北京城不是一天造成的

喜樂 著

打從距今七百五十多年前開始，北京城走進歷史的繁華紛亂。現在，且輕輕走進史册中尋常百姓的那頁，一盞淸茶、幾盤小點，看純中國的揷畫、尋純中國的足跡。由博學多聞的喜樂先生做嚮導，就讓你我在古意盎然中，細聆歲月的故事。

⑨⑧ 兩城憶往

楊孔鑫 著

霧裏的倫敦、浪漫的巴黎，除此之外，這兩城你可還留有其他印象。本書是作者派駐歐洲新聞工作二十多年的記錄。透過作者敏銳的筆觸，且讓讀者徜徉在花都、霧城的政經社會、文化藝術、風土人情以及歷史背景中。

⑨⑨ 吹不散的人影

高大鵬 著

時代替換的快速，不知替換了多少人生舞臺上出現剎那的面孔；而人類，偏又是最健忘的族羣。本書中所收錄的文章，均是作者用客觀的筆，爲曾替人類社會或文化默默辛勤耕耘的「園丁」們，做最眞實的文字記錄。

⑩⓪ 文化脈動

張錯 著

「我是一個文化悲觀者，因爲我個人一直堅持某種希臘式的古典禮範，而這種文學或文化古典禮範，已日漸有如夫子當年春秋戰國的禮崩樂壞。」作者就是以這顆悲憫的心，用詩人敏銳的筆觸，深刻而熱切的批判著臺灣的文化怪象。

⑽ 桑樹下

繆天華 著

本書是作者在斗室外桑樹陰的綠窗下寫就的小品散文。作者試圖在記憶的深處，尋回那些感人甚深的、發人深省的、或者趣味濃郁的人文逸事，不惟激勵讀者高遠的志趣，亦能遠離消沈，絕望的深淵。

⑽ 牛頓來訪

石家興 著

本書爲作者三十多年來從事科學工作的心情寫照，包括思想、報導、論述、親情、遊記等等。文中處處流露出作者對科學的執著與熱愛，及超越科學之外的人文情懷，篇篇清新雋永，理中含情，情中有理，爲科學與文學的結合，作了一番完美的見證。

⑽ 深情回眸

鮑曉暉 著

作者生長在一個顚沛流離的時代，雖然歷經千辛萬苦，但行文於字裏行間，卻不見怨天尤人；有的只是對以往和艱苦環境奮鬥的懷念及對現今生活的珍惜，以及世間人事物的觀照及關懷。做爲一本懷舊之作，或是清新的生活小品，本書皆爲上乘之作。

⑽ 新詩補給站

渡 也 著

你寫過新詩嗎？你知道如何寫一首具有詩味的新詩？本書是由甫獲得「創世紀四十周年創作獎」的詩人兼詩評論家渡也先生，深入而精闢的剖析一首新詩的形成過程，指導初學者從如何造簡單句到如何寫出一首詩，是一本值得新詩愛好者注意的書。

⑩⑤鳳凰遊

李元洛 著

一生從事古典與現代詩論研究的大陸學者李元洛先生，如何在放下嚴肅的評論之筆，轉而用詩人細膩的筆觸，摹寫山水大地的訖行，以及人生轉蓬的寄悵，書中句句是箴話、處處有眞情，値得您細品。

⑩⑥文學人語

高大鵬 著

忙碌的社會分散了人們的注意力、淡化了人們對身旁人事物的感情，任由冷漠充塡在你我四周……而本書的作者以感性的筆觸，表達了自己對身旁人事物的眞心關懷，以平實的文字與讀者分享所遇所感，無疑是給每個冷漠的心靈甘霖般的滋潤。

⑩⑦養狗政治學

鄭赤琰 著

身處地理、政治環境特殊的香港，作者藉由動物的百態來反諷社會上種種光怪陸離的政治現象，在其輕鬆幽默的筆調背後，同時亦蘊含了嚴肅的意義。這一則則的政治寓言，讀之不僅令人莞爾一笑，更具有發人深省的作用，批判中帶有著深切的期盼。

⑩⑧烟塵

姜穆 著

作者是一位出生於貴州的苗族人，卻意外的捲入戰爭。在臺娶妻生子後，所抒發對戰亂、種族及親人的眞誠關懷。內容深沉、筆觸清新，充分顯露在生活的烈焰煎熬下，早已視一切如浮雲，淡泊名利，將其一生的激越昂揚盡付千里煙塵中。

⑽ 河宴　　鍾怡雯　著

人間繁華的請柬處處，不如赴一場難得的野宴，聽一回水的演奏、看一場山的表演，再來細細品味鍾怡雯爲您端出來的山野豐盛清淡的饗宴——極盡可口的綠、十分道地的藍，以及不加調味料的白。

⑾ 滬上春秋　　章念馳　著

章太炎，這位中國近代史上的思想家、政治家，曾因領導戊戌變法失敗而流亡海外。他雖是浙江餘姚人，卻有大半輩子的歲月是在上海度過。本書是由章太炎的嫡孫章念馳先生，從家族的口述和史料中，完整的敍述章太炎的這段滬上春秋。

⑾ 愛廬談心事　　黃炎武　著

每個人心中都有一枝彩筆，然而在趕遠路、忙上班的歲月裏，枕頭上的日升月降中，像拋來擲去的跳丸，彩筆就這樣褪去了顏色……本書作者在辭去沉重的教職和繁雜的行政工作後，重拾心中的彩筆，爲您宣說一篇篇的文學心事。

⑿ 詩情與俠骨　　莊因　著

一顆明慧的善心與眞摯的情感，經過俠骨詩情的鑄煉，將生活上的人情世事，轉化爲最優美動人的文句，呈現出自然明朗灑脫的風格。文學對於作者而言，不僅是興趣，更是他的生命，但他不泥古而創新，在其文章中俯首可拾古典與現代的完美融合。

⑪③草鞋權貴

嚴歌苓　著

曾經叱吒風雲的老將軍，是程家大院的最高權威，九個承繼他刁鑽聰明的兒女，則個個心懷鬼胎……一個來自鄉下的伶俐女孩，被命運的安排，走入這權貴世家。威權的代溝、情份的激盪，所有內心的驕傲與傷痛，這會是怎樣的衝突，怎樣的一生？

⑪④是我們改變了世界

張　放　著

從事文學藝術的工作者是「人類靈魂的工程師」。如果作家不能提高廣大讀者的精神生活品質，而僅爲娛樂人心、滿足人們的好奇和刺激，那麼與馬戲團的小丑或兜售春藥的小販何異？故而作者不禁要問：是我們改變了世界，還是世界改變了我和你？

⑪⑤夢裡有隻小小船

夏小舟　著

日本人參加婚禮愛穿黑色、日本料理味輕單調、日本人性格分ABCD、還有情書居然可以賣……於日本教書的大陸作家夏小舟，在本書除了告訴你作者旅日的見聞趣事外，也且隨她乘坐那夢裏的小小船，航行向那魂縈夢遷的故國灣港中。

國立中央圖書館出版品預行編目資料

文化脈動／張錯著 .-- 初版 .-- 臺北
市：三民，民84
面；　公分. --(三民叢刊;100)
ISBN 957-14-2177-4 (平裝)

855　　　　84000251

著作人　張　錯
發行人　劉振强
著作財產權人　三民書局股份有限公司
臺北市復興北路三八六號
發行所　三民書局股份有限公司
地　址／臺北市復興北路三八六號
郵　撥／○○○九九九八一五號
印刷所　三民書局股份有限公司
門市部　復北店／臺北市復興北路三八六號
重南店／臺北市重慶南路一段六十一號
初　版　中華民國八十四年二月
編　號　S 85285
基本定價　元柒角捌分
證局版臺業字第○二○○號

2177-4 (平裝)